Hast du noch Träume

Geschichten aus dem Schlafzimmer

Bibliografische Information der Deutschen Nationalbibliothek Die
Deutsche Nationalbibliothek verzeichnet diese Publikation in der
Deutsche Nationalbibliografie; detaillierte bibliografische Daten
sind in internet über dnb.bnd.de abrufbar

© 2023 Christian Gotthardt
Herstellung und Verlag: BoD – Books on Demand, Norderstedt

ISBN: 978-3-7578-9060-5

WENN DIE LUST KOMMT

Gerade als sie beim Hotel ankamen, hatte der Regen eingesetzt.

Es war kein Gewitter mit Hagel oder so, sondern ein weicher, warmer Sommerregen.

Sie kurvte um den Eingang des Hotels herum, fand aber dort keinen Parkplatz.

Geh du doch schon mal rein. Ich suche einen Parkplatz und komme dann nach, sagte sie.

Er fischte den großen Koffer und die Reisetasche aus dem Kofferraum, schloss die Klappe und bewegte sich auf den Eingang zu.

Als sie den Motor wieder startete, beugte er sich ein bisschen runter, um sie im Auto sehen zu können.

Sie lächelten sich an und sie fuhr los.

Mann, das ist aber auch voll hier, dachte sie. Was wollen die alle hier?

Sie fand einen Parkplatz in gefühlter unendlicher Entfernung und sie sah hinaus. Der Regen war immer noch stark. Kein Schirm, kein gar nichts. Sie machte das Autofenster einen Spalt weit auf, hörte das Prasseln und roch den typischen Duft, wen der Regen einsetzt. Hmmmm, das riecht gut, dachte sie. Sie hatte plötzlich Lust, sich nackt auf einer grünen Sommerwiese im warmen Regen zu drehen, die Tropfen auf der Haut zu spüren und sich vollkommen frei zu fühlen.

Ok, das hier war keine Sommerwiese, sondern ein Parkplatz, aber den Regen auf ihrer Haut konnte sie ja trotzdem genießen.

Sich jetzt komplett nackt auszuziehen und dann

einfach so ins Hotel zu spazieren, das war wohl keine so gute Idee. Sie hatte zwar keine Angst vor Nacktheit und ihr Anblick hätte jetzt auch niemandem direkt geschadet, aber das Aufsehen musste ja jetzt nicht sein.

Ok, dann halt mit Klamotten. T-Shirt und Shorts. Sie öffnete die Autotür und augenblicklich spürte sie die dicken warmen Tropfen. Sie ging los und genoss die frische Luft. Der Regen war immer noch stark und so dauerte es nicht lang, bis ihr T-Shirt schon einigermaßen nass war. Sie ließ sich Zeit, schloss die Augen und hob das Gesicht, so dass der Regen an ihr herunterlief. Sie dachte sich, entspann dich mal. Das ist ein schöner Sommerregen.

Jetzt freute sie sich, dass das Auto so weit weg stand. Sie spürte die Nässe auf ihrer Haut, als das T-Shirt sich mehr und mehr vollsaugt.

Es klebte an ihren Brüsten und langsam fröstelte sie. Sie fasste sich an ihre Brüste und dachte, ich will den Regen auf der Haut spüren. Es machte sie heiß, wie sich ihre Nippel vom Frösteln langsam aufrichteten.

Durch das nasse T-Shirt war mittlerweile deutlich die Form ihrer Oberweite und ihre Nippel zu sehen. Sie sah sich kurz um und als niemand in der direkten Nähe zu sehen war, zog sie das T-Shirt über den Kopf. Dann griff sie flink an den Verschluss des BHs, öffnete ihn und stand jetzt mit nacktem Oberkörper da.

Ein geiles Gefühl überkam sie und sie dachte, im Regen f*cken hätte sicher auch mal was. Am liebsten hätte sie sich jetzt auch die Hose ausgezogen, aber dafür war das Risiko doch zu groß, überrascht zu werden.

Stattdessen öffnete sie nur den obersten Knopf der Hose und schob ihre Hand langsam hinein. Ihre vom Regen nasse, kühle Hand fühlte schnell, dass es ihr zwischen ihren Beinen heiß geworden war.

Sie fuhr sich mit der Hand außen über den Lusthügel und fühlte die Feuchtigkeit, die durch das Höschen drang. Das machte sie noch geiler und sie fuhr sich mit der Hand ins Höschen. Ihre Finger fuhren durch die geschwollenen Schamlippen, und sie spürte die warme Nässe. Ihr Atem ging schwerer und als sie mit dem Mittelfinger die Klitoris erreichte, stöhnte sie auf. Sie legte ihr T-Shirt und den BH auf das Auto, das neben ihr stand und lehnte sich dagegen. Sie stellte ihre Beine etwas weiter auseinander um ihrer Hand mehr Platz zu geben. Mit der anderen begann sie, sich ihre Brust zu massieren. sie war jetzt so geil, dass ihre Nippel so hart waren, dass es fast schmerzte und aus ihrer Muschel liefen ihre Säfte an ihren Oberschenkeln entlang und mischten sich dort mit dem Regen.

Sie spielt an ihren Muschel, knetete ihre Brüsten und stöhnte. Sie legte den Kopf in den Nacken und spürte den Regen, der jetzt langsam schwächer wurde.

Plötzlich hörte sie eine Stimme, die sich näherte. Scheiße, muss da jetzt jemand kommen? Sie wollte eigentlich komme, aber das war jetzt jäh unterbrochen. Sie schnappte sich ihr T-Shirt und streifte es hektisch über.

Da kam der Typ auch schon um die Ecke. Ein gut

aussehender Kerl, vielleicht 35, mit dem Handy am Ohr und einem Schirm über sich. Er kam geradewegs auf sie zu, ging aber dann zum nächsten Auto. Er blieb stehen und blickte zu ihr rüber, nahm das Handy vom Ohr und grinste. Ganz schön feucht, die Sache, oder?

Sie nickte, murmelte was von Schirm vergessen und ihr wurde heiß, als ihr klar wurde, dass sie in einem durchnässten T-Shirt da stand, ihre steinharten Nippel sich durch den Stoff abzeichneten und ihre Hose offen war.

Letzteres hatte er vielleicht nicht sofort gesehen, aber was sie hier trieb, das dürfte ihm schon klar geworden sein.

Kann ich Sie mitnehmen? fragte er. Sie winkte ab und sagte lächelnd, die paar Meter schaff ich schon allein.

Später würde sie denken, was war ich ein uncooles Schaf. Der Typ war allein, sah total aus und ich war schon auf Touren. Ich hätte ihn gut und gerne anmachen können und dann hätten wir vielleicht einen schönen F*ck im Auto haben können. Oder was weiß ich.

So kam es nicht. Sie machte sich auf und ging in Richtung Hotel. Sie war erst ein paar Schritte gegangen, da kam er hinter ihr her und sagte: das wolltest Du doch nicht vergessen, oder? Er grinste über beide Ohren und in der Hand hatte er ihren BH, den sie auf das Auto gelegt hatte.

Die Hitze, die jetzt in ihr aufstieg, überstieg so ziemlich alles, was sie jemals in dieser Richtung erlebt hatte. Knallrot lief sie an, krallte sich den BH und dampfte ab.

Als sie beim Hoteleingang ankam, war die peinliche Hitze längst abgeklungen.
Die Hitze zwischen ihren Beinen war auch schon fast weg. Sie war zwar immer noch ein bisschen geil und auf dem Weg hatte sie sich sexy gefühlt.
Den Leuten, die ihr begegneten und die auf ihre Nippel im nassen T-Shirt starrten, blickte sie direkt in die Augen, nach dem Motto: ja, ich bin eine Frau, die keine Angst hat, sich sexy zu zeigen. Solltet ihr vielleicht auch mal tun.
Ok, einen gewissen Teil dieses Statements sagte sie sich wohl selber vor, um sich nicht fragen zu müssen, was sie wohl da gerade getan hatte.
Sie ging durch die große Hoteleingangstür und hatte den BH eng zusammengedrückt in ihrer Hand.
Dass sie den jetzt nicht so einfach an Kai vorbeibringen würde, das war ihr klar.
Sie blickte sich um.
Kai saß in der Lobby und hatte sich eine Zeitschrift geschnappt.
Er sah sie, stand auf und blickte sie an.
Ohje, da hat dich der Regen ganz schön erwischt. Tut mir leid.
Nicht so schlimm, mein Lieber, sagte sie und dachte: schade, dass du nicht dabei warst.
Im Gehen steckte sie sich den BH notdürftig in die Hosentasche und setzte sich auf das Sofa.
Ihre Klamotten waren immer noch ziemlich feucht, so dass sich schnell ein dunkler Fleck auf dem Sofa Bezug bildete.
Wie geil auch immer so eine Erfahrung im Sommer sein kann. Jetzt tat es gut, im Trockenen

zu sein.

Sie lehnte sich zurück und schnaufte durch. Er blickte sie liebevoll an und fragte: magst du einen Kaffee?

Das zauberte ihr ein Lächeln ins Gesicht und sie sagte, Ja gerne.

Er schaute sie an und fragte: so kalt? und strich ihr zart und beiläufig über eine Brust.

Sie wurde augenblicklich elektrisiert. Hitze stieg in ihr auf und sie spürte, dass der Rest Geilheit von vorher sofort wieder da war. Kai, stöhnte sie leise.

Mach das nicht, sonst zwinge ich dich, mich hier sofort an Ort und Stelle durch zu f*cken.

Ich würde es machen, sagte er und grinste, stand aber dann auf und kümmerte sich an der Theke um den Kaffee.

Oh Mann, wie kann man nur so geil sein, dachte sie.

Aber eigentlich auch schön und sie freute sich diebisch, dass der Plan, das Sexleben mit Kai wieder mehr in Schwung zu kriegen, aufging.

Wobei: eigentlich war ja nur sie geil. Sie nahm nicht an, dass er sich zwischen Ankunft, Regen und Kaffee, schnell irgendwo einen runtergeholt hatte.

Sie lächelte in sich hinein.

Die Lobby hatte sich weitgehend geleert. Auch der Typ vom Parkplatz war nirgends zu sehen.

Ihr klebten die immer noch feuchte Klamotten auf der Haut.

Sie beugte sich etwas nach vorne und ließ Luft unter das T-Shirt.

Kann ich dir damit helfen? Sagte Kai und stellte 2 Tassen Kaffee ab.

Wie sie da saß, das hatte ihn geil gemacht und sein Penis wuchs in seiner Hose.

Er wusste nicht, was sie auf dem Parkplatz gemacht hatte, aber dass es was geiles war, das spürte er.

Er setzte sich neben sie, griff zu ihrem T-Shirt und fächelte Luft darunter.

Moment, sagte er, griff ihr unter das T-Shirt und ihr an die Haut. Sie erschauderte. Sie blickte sich um, ob sie beobachtet wurden. So erwischt zu werden wie auf dem Parkplatz, davon hatte sie heute genug.

Seine Hand auf ihrer Haut fühlte sich wunderbar an und ein wohliger Schauer nach dem anderen durchfuhr sie. Seine Hand streichelte ihren Bauch, die Haut am Hosenbund, fuhr nach hinten zum Rücken. Gott sei dank war dieses T-Shirt einigermaßen weit. Jetzt hatte er beide Hände unter ihrem T-Shirt. Eine streichelte den Rücken rauf und runter und die andere fuhr ihr über die Brust. Sie schnaufte schwerer und ihre Schenkel öffneten sich wie von selbst.

Es war, als ob die Zeit stehenbliebe. Sie waren versunken in das Gefühl Haut-auf-Haut.

Seine Hand an ihrer Brust wurde jetzt fordernder und knetete die eine Titte, so dass Melanie stöhnte.

Er nahm den Nippel zwischen die Finger und drückte ihn. Im selben Rhythmus, wie er knetete, stöhnte sie und ihr Körper bog sich durch.

Er blickte sich kurz um, zog dann ihr T-Shirt hoch und nahm den Nippel in den Mund. Sie jaulte leise.

Er lutschte, knabberte, knetete die Brust.

Bisher hatte sie alles in sich hineingefühlt. Seine

Hand, sein Mund, dass Streicheln. Jetzt lehnte sie sich mit geschlossenen Augen zurück und legte den Kopf in den Nacken. Sie gab sich ihm ganz hin und ihr war scheißegal, ob jetzt jemand zusah. Seine Hand streichelte weiter Ihre T*tten unter ihrem T-Shirt. Sie war so geil, dass sie sich am liebsten auf ihn geworfen hätte. Ihre Hände strichen an ihren Oberschenkeln entlang. An der Außenseite und dann an der Innenseite. Die Shorts waren zu eng, als dass sie durch die Hosenbeine weit genug hinaufgekommen wäre. Sie strich mit beiden Händen die Oberschenkel hoch bis zu ihrem Schritt. Sie zog den Stoff straff, so dass sich ihre Schamlippen abzeichneten. Langsam fuhr sie mit einem Finger die Spalte entlang und spürte, wie sich das Prickeln in ihrem Unterleib weiter ausbreitete.

Sie nahm Kais Hand von ihrer Brust und legte sie zwischen ihre Beine.

Ihre eigene nahm sie unter das T-Shirt und Liebkoste ihre Brüste.

Er begann, sie zu streicheln und sie wand sich unter seiner Hand.

Sie beugte sich zu ihm, mit dem Mund nahe an seinem Ohr. Sie stöhnte: Kai, bitte lass mich kommen, ich bin so geil.

Er sah sich noch einmal um, öffnete ihre Hose und fuhr mit der Hand hinein.

Sofort spürte er ihre Nässe und die Erektion in seiner Hose wurde härter.

Sein Finger in ihrer Spalte spürte die Schamlippen, umfuhr die Klitoris und tauchte dann in ihre Vagina.

Sie konnte es jetzt kaum mehr aushalten. Er begann, den Finger in ihr zu bewegen. Sie stöhnte auf. Er nahm einen zweiten Finger dazu. Er beschleunigte das Tempo. Mit dem Daumen massierte er ihren Kitzler und mit zwei Fingern f*ckte er ihre Muschi.

Sie atmete schwer, stöhnte, wand sich unter ihm. Der Orgasmus kam gewaltig. Ihre Beine begannen zu zittern, sie grunzte, ja, ja, ja, ich komme!!

Sie warf den Kopf zurück, presste ihre T*tte hart in ihrer Hand und dann entlud sie sich. Ein Schaudern durchfuhr ihren Körper, sie hob und senkte das Becken und zogen seine Hand mit, die immer noch zwischen ihren Beinen war. Sie stöhnte, gab ekstatische Geräusche von sich. Die Wellen des Orgasmus fuhren über sich bis sie schließlich schwächer wurden.

Als sie die Augen wieder öffnete, schaute er sie mit einem liebevollen Lächeln an. Dann nahm der seinen Finger aus ihrer Vagina, steckte ihn ihr zu. Sie lutschte ihn genüsslich und sie sagte: Kai, das war wunderbar!

Ich hätte jetzt Bock auf eine warme Dusche, sagte sie. Sie standen auf und hinterließen auf dem Sofa einen feuchten Fleck. Es war nicht genau erkennbar, ob es vom Regen kam oder von ihr.

NEUE WOHNUG NEUES GLÜCK

Anja öffnete die Tür zu ihrem neuen Zuhause. Für etwa zwei bis drei Jahr würde sie jetzt hier leben. So lange hatte ihr Chef veranschlagt um das neue Hotel in so richtig ans Laufen zu bekommen. Das war ihr Arbeit. Neue Hotels betreuen bis alle Anfangsprobleme beseitigt, das Personal eingespielt und der Gast rundum zufrieden ist. Anja arbeitete zwar in Hotel, wollte aber nicht auch noch dort wohnen. Sie brauchte Abstand zu ihrer Arbeit um sich entspannen zu können ohne den alltäglichen Stress. Daher hatte sie diese Wohnung für zwei Jahr gemietet. Der Besitzer arbeitete ebenfalls für eine längere Zeit auf Kreta in einem Partyhotel und war froh, dass er die Wohnung untervermieten konnte.

Anja hatte bisher nur die Beschreibung des Besitzers und ein paar E-Mail und Fotos gesehen. Der Kontakt war komplett übers Internet gelaufen. Die Wohnung war eigentlich ein Appartement. Ein Schlafzimmer mit angrenzendem Bad, eine separates Gäste-WC und ein großes Wohnzimmer mit offener Küche und Esszimmer und ein Flur von dem diese Räume abgingen. Vor der großen Glasfront des Wohnzimmers sollte eine Dachterrasse liegen auf der es sogar einen Whirlpool und ein Saunahäuschen geben sollte. Die Beschreibung war klasse, hoffentlich hält sie was sie verspricht.

Von all den Vorzügen des Appartements konnte

Anja bislang allerdings nichts sehen. Sie suchte den Hauptlichtschalter, der, wie sie schwach erinnerte, irgendwo an der rechten Wand des Eingangsflurs sein sollte. Sie tastete den dunklen Flur herunter fand aber nur eine Tür. Anja öffnete sie. „Wow", was sie sah, begeisterte sie sofort. Sie befand sich in dem großen Wohnraum des Appartements. Die Vorhänge waren geöffnet und gaben einen atemberaubenden Blick über die nächtlichen Lichter der Stadt frei. Auf der Terrasse erkannte sie den Whirlpool, dessen Wasser bläulich und einladend schimmerte.

In dem Moment wusste sie genau was sie als nächstes tun würde. Erste Nächte in der neuen Wohnungen macht ihr immer etwas Angst. Sie fühlte sich fremd, einsam und irgendwie frustriert. Meist trank sie ein paar Gläser Weißwein, las ein Buch oder schaute sich eine eigens mitgebrachte DVD an und versuchte schnell einzuschlafen. Heute bleibt das Buch im Koffer. Stattdessen würde sie etwas aus dem Koffer holen, was ihre Freundin Mandy ihr mit einem breiten Grinsen beim letzten Treffen geschenkt hatte: „Der kann immer, wann und wie Du willst" hatte sie dabei gesagt. Wohl eine Anspielung auf ihren Ex. Sven und sie kamen einfach nicht klar. Wenn sie dann mal beide gleichzeitig Sex wollten, was selten genug vorkam, schaffte er es nicht Anja zu befriedigen. Ihre Vorstellung von gutem Sex war eine andere als seine. Sven fand es ausreichend sie „mal gut durchzuvögeln", wie er es nannte. Das „Durchvögeln" lief immer gleich ab, er saugte an ihren Brustwarzen, rieb kurz ihre Scheide, wenn sie dann feucht wurde, was bei dem tollpatschigen Gefummel fast ein Wunder war, drang er schnell in sie ihn und war nach ein paar Stößen fertig. Anja Versuche ihm ihre Wünsche nahezubringen waren alle vergeblich. Vielleicht auch, weil es ihr schwer fiel diese ihm gegenüber zu sagen. Sie hatte das Gefühl in einer ihm fremden Sprache zu sprechen. So wollte sie es jedenfalls nicht. Sie hatten sich vor drei Monaten getrennt. Sollte sie nochmal eine Beziehung haben, muss alles stimmen. Sie wollte dem Typ sagen, was sie wollte, von Anfang an. Nein, sie wollte nichts sagen müssen, sie wollte einen Mann, der wusste was er tun musste, ohne viele Worte. Etwas wie mit Sven durfte es nicht nochmal geben.

Der wasserdichte, vibrierende, Delfin Lustspender war jedenfalls genau das was sie jetzt wollte. Der Anblick des Pools, der Ausblick über die Stadt hatten Anja Lust erregt. Sie spürte das leichte Pochen ihrer Klitoris und die Feuchtigkeit zwischen ihren Schenkeln. „Geduld, Geduld" mahnte sie sich selber, sie wollte das Kommende ausgiebig genießen und ihren Höhepunkt lustvoll hinauszögern.

Anja brachte ihr Gepäck ins Schlafzimmer. Dank des inzwischen gefundenen Hauptschalters konnte sie jetzt auch ihre gesamte Umgebung erkennen. Vor dem großen Spiegelschrank im Schlafzimmer zog sie sich aus, befreite ihren üppigen Busen aus der Enge des Roten BHs. Sie konnte nicht widerstehen vor dem großen Spiegel ihre Brüste mit beiden Händen zu kneten und mit den Fingerspitzen ihre Nippel zu spielen, ihre

Brustwarzen reagierten sofort. Steif und lüstern reckten sie sich nach vorn. Ihre rechte Hand glitt hinab und verschwand kurz in ihrem Höschen. Sie fuhr mit einem Finger durch die feuchte Spalte und umkreiste ihre Perle. Langsam schob sie den Slip über ihre Hüften. Ihre Hand verschwand wieder zwischen ihren Beinen und sie überlegte, schnell und einfach vor dem Spiegel zum Höhepunkt zu kommen. Ihre Erregung war groß und sie würde anschließend Erleichterung spüren. Trotzdem rief sie sich selbst zurück. „Warte, gleich im Pool wird es noch viel besser." Sie zog ihre feuchten Finger zurück und zeichnete dabei eine glänzende Spur über ihren glatt rasierten Venushügel. Die Vorstellung in einem warmen Whirlpool, umgeben von Luftblasen, die ihren Körper umspielten, den Höhepunkt mit einem wasserdichten Vibrator zu suchen, dabei einen genialen Ausblick über die Lichter der Stadt zu haben, erschien doch deutlich besser als einen schnellen Orgasmus vor dem Spiegel in irgendeinem Schlafzimmer zu bekommen.

Bevor sie den Raum verließ, warf sie noch einen Blick auf ihren jetzt völlig nackten Körper. Was sie sah gefiel ihr. Sie war schlank, ihre Brüste waren im Verhältnis zu ihrer Statur sehr groß, fast unnatürlich. Aber nur fast. Die Natur war mehr als großzügig bei der Zuteilung ihrer Brüste gewesen.

Als Teenager hatten sie diese Riesenballons gestört. In der Schule wurde sie wegen ihrer Brüste vom Sport befreit. Gegen ihren Willen, sie mochte Sport, ihre Brüste waren für sie kein Hindernis. Erst später wurde ihr klar, dass ihre männlichen

Mitschüler und der jugendliche Sportlehrer den Anblick dieser Brüste kaum ertragen konnten ohne dies in den schlabbrigen Sporthosen deutlich zu zeigen. Jetzt, als erwachsene Frau, liebte sie ihre Brüste. Sie wusste welche Lust ihr eine intensive, gekonnte Massage bereitete. Sie wusste auch wie Männer auf diese Prachtexemplare reagierten, leider vergaßen sie dabei oft die Wünsche der Besitzerin.

Ihr ganzer Körper war sonnen gebräunt. Nach der Trennung von Sven hatte sie einen FKK-Urlaub gebucht. Ein erster Schritt, ihre Wünsche auszuleben. Einen Abend war sie sehr lange am Strand geblieben. Sie genoss das Meer, den Wind, der ihren nackten Körper umspielte. Die Zeit hatte sie dabei völlig vergessen, der Strand war leer. Nur der Typ, der die Sonnenschirme einsammelte, war noch da. Er sagte kein Wort, starrte sie einfach nur an. Die Ausbeulung seiner Shorts war deutlich erkennbar. Ihr Anblick verfehlte mal wieder nicht seine Wirkung. Anja merkte, dass sie dieser starre Blick des Unbekannten erregte. Vielleicht konnte er ihr geben wonach sie verlangte? Sie stand auf und ging auf ihn zu, ohne zu denken, keine Hemmung, kein moralisches Gewissen hielt sie zurück. Sie nahm seine Hände und drückte sie fest auf ihre Brüste. „Fass mich an" signalisierte sie ihm. In seine Augen konnte sie sein Erstaunen lesen, damit hatte er wohl nicht gerechnet. Zu schnell glitten seine Hände hinab zu ihrer heißen Liebeshöhle. Was dann kam war wie Sven. Sein wildes, ungestümes, planloses Gefummel erregte sie nicht. Ihr Hirn schaltete sich wieder ein. Er hatte sich gerade seiner Shorts entledigt und wollte sich über sie werfen als Anja jegliche Lust verlor. Noch bevor er in sie eindringen konnte, stand sie auf, raffte ihre Sachen zusammen und ließ den verdutzten jungen Mann mit seiner wirklich beeindruckenden Erektion einfach sitzen. „Schade um dieses Prachtstück aber nein, das will ich nicht", dachte Anja. Am nächsten Morgen reiste Anja ab.

Sie wischte die Gedanken an den jungen Mann von gestern Abend beiseite, schnappte sich den kleinen Delfin und die Flasche Weißwein, die der Wohnungsbesitzer netterweise für sie in den Kühlschrank gestellt hatte. „Herzlich willkommen, eine schöne Zeit und viele Grüße an Robert" stand auf dem Zettel welches an der Flasche klebte. Anja hatte keine Ahnung wer Robert war, verschwendete jetzt aber auch keinen Gedanken daran. Das Pochen zwischen Ihren Beinen war stärker geworden, sie war so feucht, dass ihr Saft bereits an ihren Schenkeln herab lief und sie wollte jetzt endlich ihre Fantasie im Pool ausleben.

Das Wasser im Whirlpool war wunderbar warm und die aufsteigenden Luftblasen erregten sie noch zusätzlich. Langsam strich sie mit der vibrierenden Spitze des Delfins um ihre Brustwarzen, die auf die Berührung sofort reagierten, hinab zu ihrem Bauchnabel und weiter über ihren Venushügel zwischen ihre weit gespreizten Beine. Die freie Hand massiert ihre Brüste, fest und hart packt sie dabei zu, genau wie sie es liebt. Sie drückt ihre große Brust hoch, mit ihrer Zunge erreicht sie die Spitze ihrer steifen Brustwarze. Dass sie sie nicht

ganz in den Mund bekam, erregte sie zusätzlich .
Der Delfin umspielte ihre harte Lustknopf, Anja
stöhnte laut auf. Mit einer schnellen Bewegung
führt sie den vibrierenden Lustspender tief in ihre
heiße Muschel ein um ihn sogleich wieder
herauszuziehen und seine vibrierende Spitze erneut
an ihre pochende Lustknopf zu drücken.
„Darf ich helfen?" Die Männerstimme ließ sie
zusammenzucken, sprachlos vor Schreck zieht sie
ihre Beine an und versuchte mit den Armen ihre
großen Brüste zu verdecken. Die Scham bei etwas
vermeintlich verbotenem ertappt worden zu sein,
lässt ihre Wangen rot glühen. Von Anjas Reaktion
völlig ungerührt spricht die Stimme weiter: „Ich
bin Robert, dein Nachbar, du musst Anja sein.
Gefällt dir unser Whirlpool?" Die Worte dringen
nur langsam in ihren Kopf. „Hatte er unser Pool
gesagt? Robert? Nachbar? Er weiß meinen
Namen?" Anja bekam kein Wort heraus. In ihrem
Kopf drehte sich alles. Sie konnte ihn nur
anstarren. Ihr ganzer Körper war wie gelähmt.
Robert hatte die die schönsten blauen Augen, die
sie je gesehen hatte. Groß, muskulös, braun
gebrannt und völlig nackt, fixierte er sie mit einem
breiten Lächeln. Sie hatte keine Ahnung wie lange
er sie schon beobachtet hatte. Offensichtlich hatte
ihm aber gefallen was er sah. Eine prächtige
Erektion zeigte deutlich seine Erregung. Vielleicht
hätte sie weglaufen sollen, um Hilfe rufen,
schreien, um sich schlagen oder irgendetwas tun
was moralisch anständig und richtiger gewesen
wäre, als dieses männliche Prachtstück mit einer
Selbstverständlichkeit zu ihr in den Pool kletterte,

die den Anschein erweckte, sie wären seit Jahren
ein Paar. Sie tat nichts von dem, kein Schreien,
kein Fliehen, kein um Hilfe rufen. Stattdessen
entspannte sie sich. Anja nahm die Hände von
ihren Brüsten, streckte ihre Beine und blickte
Robert tief in die blauen Augen. In ihrem Inneren
wusste sie genau, einer ihrer Wünsche wurde
gerade wahr und sie wollte diese Gelegenheit auf
gar keinen Fall verpassen. „Du darfst mir helfen,
Robert. Mach mich glücklich". Anja konnte nicht
glauben, dass sie das selber gesagt hatte. Fast
schien ihr, sie betrachtete sich selber wie in einem
Film. Aber dann spürte sie seine Hände auf den
Innenseiten ihrer Schenkel und ihre Lust, die
pochende Lustknopf und das lustvolle Ziehen in
ihrer Muschel. Diese Gefühle waren kein Film und
kein Traum. Sie waren real.
Langsam gleiten seine kräftigen Hände an ihren
Schenkeln hinauf ohne ihre pochende Muschel zu
berühren. Sie gleiten weiter hinauf, zu ihren
Brüsten. Ihre harten Nippel strecken sich seinen
Händen entgegen. Seine großen, kräftigen Hände
packen fest zu , kneten und drückten ihr Brüste,
spielen mit ihren Brustwarzen und gleiten wieder
hinab zu ihren Schenkeln. Anja hebt ihr Becken,
schiebt es ihm fast flehentlich entgegen doch
Robert tut ihr diesen Gefallen nicht. Noch nicht.
Mit seiner Zunge spielt er an ihren Brustnippel, sie
spürt seine Zarte Penisspitze unter Wasser an der
Innenseite ihrer Schenkel. Ihre Lust ist fast
unerträglich geworden. Wieder schiebt sie ihm ihr
Becken entgegen. „Bitte, nimm mich", fast schreit
sie ihm diese Worte entgegen. Diesmal gibt Robert

ihrem Flehen nach. Seine Hand fährt in ihre heiße Spalte, mit dem Daumen massiert er ihre Perle, während seine Finger gleichzeitig tief in sie eindringen. Ihre Lust wird immer größer, fast schmerzlich ersehnt sie seinen prachtvollen Penis in sich zu spüren. Robert scheint ihre Gedanken lesen zu können. Er dreht sie leicht auf dem Sitz, drückte ihre Beine noch weiter auseinander, hebt ihr Becken mit den Händen an und dringt mit nur einem Stoß ohne zu zögern tief in sie ein. Anja stöhnt vor Lust laut auf, sie umfasst ihre Brüste, massierte sie hart. Sie hört sich selber schreien „F*ck mich,F*ck mich, ja, ja". Und Robert F*ckte sie. Fest, hart, tief, Anja merkte wie sie sich kaum noch beherrschen kann. Sein prachtvoller Penis füllte sie voll aus, er ist wie für sie gemacht. Bei jedem Stoß schreit sie vor Lust. Ihr ganzer Körper scheint zu glühen, in ihr brodelt ein Vulkan. Plötzlich, kurz bevor der Vulkan ausbricht, entzieht sich ihr Robert. „Dreh dich um, knie dich auf den Sitz" befiehlt er mit rauer, harter Stimme. Anja folgt ihm sofort. Sein Befehlston, seine Stärke und Härte erregen sie genau wie seine Berührungen, die ohne ein Wort , ihre Wünsche erfüllten. Sie kniet auf dem Sitz, ihr dicken Brüste hängen über dem Beckenrand. Ihre harten Brustwarzen streifen den Rand der Holzverkleidung. Roberts Hand fährt durch Ihre Po spalte, seine Finger dringen in ihre heiße, feuchte Muschel, die jetzt oberhalb der Wasseroberfläche frei und vor Lust und Begierde triefend vor ihm liegt. Sein Hand gleitet wieder heraus, ist überall. Er kniet sich hinter sie, stößt seinen Penis erneut ohne zu zögern tief in sie, schlägt immer wieder fest mit der einen Hand auf ihre prallen Pobacken, die andere Hand zieht ihren Kopf nach hinten. Sie ist seine Sklavin, sein Untergebene. Der leichte Schmerz, seine Macht, Anjas Orgasmus ist wie ein Explosion. Von ihrer Muschel steigen Blitze herauf, die ihren ganzen Körper durchdringen, ihr ganzer Körper ist Feuer, sein Penis wird festgehalten von den Krämpfen, die sie durchzucken. Mit einem kehligen Schrei ergießt er sich in ihr.

Anja schreckt aus dem Schlaf, wie oft in den ersten Nächten in einer fremden Wohnung. Ein paar Sekunden braucht sie um sich zu orientieren. „"Was ist los Nachbarin, soll ich es dir erneut besorgen?" „Besorge es mir, Robert, bitte". Glücklich lächelnd lässt sie sich zurück in die Kissen sinken.

GEBURTSTAGSPARTY

Kurz nach dem Tapetenwechsel rauschte eine
Einladung von Nicole, einer Jugendfreundin von
mir, zu ihrer Geburtstagsparty ein. Es waren viele
Bekannte da, auch mein Ex Mario mit Katrin, die
nun schon einige Zeit zusammenlebten. Es gab
jede Menge zu Essen, zu trinken und auch der
Spaß kam nicht zu kurz. Dabei wurde jede Menge
getrunken, besonders Nicole, Katrin und ich waren
waren toll drauf. Etwas vor Mitternacht brachen
die meisten Gäste auf, nur Katrin, Mario, Marc und
ich blieben noch, um Nicole beim Aufräumen zu
helfen. Wir drei Frauen räumten das Geschirr und
die Gläser weg, während Mario, Christian und
Marc die Sitzgelegenheiten wegräumten und das
Wohnzimmer in Ordnung brachten. Bei einem
letzten Guten Nacht Schluck bot uns Nicole an, bei
ihr zu Übernachten, da wir schon einiges Intus
hatten. So gingen Mario und Christian als erste
duschen, denn wir Frauen brauchten bei unserer
Abendtoilette sowieso immer länger. Im Oberstock
waren zwei nebeneinanderliegende Gästezimmer,
in die sich die Männer verzogen. Nach ihnen
verschwanden auch Katrin und ich ins Bad, um uns
für die Nacht fertig zu machen. Ich schlich in eines
der Zimmer und kroch vorsichtig unter die Decke
und kuschelte mich an den Körper, der unter der
Decke steckte. Davon wurde mein Bettgenosse
wieder wach und begann meinen nackten Körper
zu streicheln und zu küssen. Auch sein Liebesstab
begann sich zu regen und wurde langsam hart. Als
sich seine Finger zwischen meine Beine stahlen

und meine Muschel liebkoste, wurde diese ganz schnell feucht. Mein Bettgenosse wälzte sich auf mich, schob seinen knallharten Lustspender in die glitschige Muschel und begann mich mit wilden Stößen zu … . Dabei spielte er mit meiner Brust und küsste sie zärtlich. Es dauerte nicht lange, da begann er laut zu keuchen, schob seine Stange bis zum Anschlag in die feuchte Muschel, stöhnte lustvoll auf und verströmte seine ganze Ladung in meinen Unterleib. Wir schmusten und streichelten uns noch weiter, bis sich seine zuckende Stange beruhigt hatte, leicht schrumpfte und aus meiner voll ge*pritzten Spalte flutschte. Entspannt rollte er sich von mir, legte sich neben mich und liebkoste mich weiter, bis auch ich wimmernd meinen Höhepunkt hatte. Danach Kroch ich aus dem Bett, drehte das Licht auf, weil ich mich nochmals waschen wollte. Erstaunt schaute ich Mario, meinen Ex an, der im Bett lag und nicht mein Schatz. Meine Überraschung hielt aber nicht lange an, sondern der Gedanke, dass mich dieser eben vernascht hatte, machte mich gleich wieder so geil, dass meine Muschel gleich wieder vor Geilheit zu ziehen anfing. Auch sein leicht geschrumpftes Glied wurde schnell wieder steif. Ich streichelte die harte Stange und setzte mich dann schnell darauf. Wimmernd ritt ich auf der „fremden" Stange, während er sich liebevoll mit meiner schaukelnden Brust beschäftigte. Nach einem langen, genussvollen Liebesakt begann es in seinen Eiern wieder zu brodeln und auch meine Muschel begann überzulaufen. Als diese sich im Wonnerausch zusammen zog, konnte er es nicht mehr zurückhalten und verströmte zum zweiten Mal seinen Liebessaft in meine Muschel. Ich melkte die zuckende Stange mit meiner Muschel, bis nichts mehr aus dem Stange kam, der dann gleich schrumpfte und aus der überquellenden Spalte flutschte. Nach einem zärtlichen Kuss lösten wir uns voneinander und gingen gemeinsam ins Bad und dann waschen wir ins. Gegenseitig seiften wir uns ein und spülten dann einander die Seife vom Körper. Dabei streichelten wir uns gegenseitig und schmusten dabei wild. Nachdem wir uns abgetrocknet hatten, beschlossen wir Katrin und meinen Mann zu überraschen. Leise schlichen wir zu ihrer Zimmertür, öffneten sie leise und schlüpften hinein. Beide waren noch in Action. Christian lag auf ihr und liebte sie keuchend mit kräftigen Stößen. Als er aufstöhnte und seinen Liebes saft in ihre Spalte pumpte, drehte ich das Licht auf. Erschrocken fuhren sie auseinander und sahen Überrascht zu uns herüber. Es war ein geiles Bild, das sich uns bot. Christian kniete mit schlaffen Stange zwischen Katrins Beinen. Dann begannen wir zusammen zu lachen und ich zog Mario zu den Beiden aufs Bett. Schmunzeln unterhielten wir uns über unseren ungewollten „Partnertausch" und stellten fest, dass es irrig geil war. Wir hatten nämlich vergessen, auszumachen, wer in welchem Zimmer schläft. Von unserer Unterhaltung von vorhin und dem Gedanken an Marios Liebessaft in meiner Muschel, hatte sich die Stange von Christian wieder aufgestellt. Ich stopfte mir das harte Ding schnell in den Mund und begann zärtlich daran zu lutschen und seine

Eier zu liebkosen, während er meine klitschnasse Muschel liebkoste. Meine zärtliche Zunge und die weichen, saugenden Lippen brachten ihn schnell wieder zum Höhepunkt. Auch ich war soweit, denn als er mir wimmernd sein Nektar in den Mund Explodierte und seinen Liebes Saft begann auch mein Körper im Vollrausch zu zucken und aus meiner Muschel floss ein kleines Bächlein Lustwässerchen, das er genussvoll aufsaugte. Ich schluckte mit Genuss, leckte noch die letzten Tropfen von der Spitze und kroch dann zu ihm hoch. Mit einem Kuss trennte ich mich von ihm und legte mich neben Mario, der sich gleich wieder auf mich warf und mir seinen Stab in die nasse Liebespforte stieß und mich zu … begann. Mein Mann machte dasselbe bei Katrin, die seinen Stange ebenfalls wieder hartgef*ckt hatte und stieß ihr das hart gewordene Ding in die von Mario vorhin vollge*pritzte Muschel. Wimmernd verwöhnten sie uns mit ihren harten Lanze und ergossen sich dann keuchend in unseren Lustgärten. Mit einem dicken Guten Nacht Kuss lösten wir uns von den Männern und beschlossen gleich alle vier im selben Zimmer zu schlafen. Müde und herrlich entspannt kuschelte ich mich an meinen Schatz und entschlummerte selig. Am späten Vormittag wurde ich wach und musste schnell aufs WC. Dann ging ich ins Bad um mich zu waschen. Ich stieg gerade nackt aus der Dusche, als Mario mit verschlafenem Gesicht bei der Tür herein kam. Langsam trocknete ich mich ab und beobachtete ihn beim duschen. Als auch er aus der Dusche stieg, umarmte ich ihn und begann mit ihm zu schmusen. Er erwiderte meine Küsse stürmisch und wir streichelten uns liebevoll am ganzen Körper. Davon wurde sein Lümmel blitzschnell hart und er setzte mich auf die Anrichte, legte sich meine Beine auf die Schultern und stopfte mir seinen Liebesstab in die nass glänzende Muschel. Mit kräftigen Bewegungen vernaschte er mich, dabei küssten und streichelten wir uns weiter und trieben bald einem wunderschönen Höhepunkt zu. Ich stöhnte lustvoll auf, klammerte mich fest an ihn und er entlud sich mit einem Aufschrei in meiner Muschel. Nach einem weiteren Kuss trennten wir uns, wuschen uns schnell noch einmal und zogen uns dann die Unterwäsche an. So gingen wir ins Wohnzimmer hinunter, wo Nicole bereits das Frühstück richtete. Nicoles Mann schickten wir hinauf in das Zimmer, Katrin und Christian zu wecken und herunter zu holen. Aber sie waren nicht mehr in ihren Betten, sondern beide im Bad. Marc staunte nicht schlecht, als er Katrin über die Waschmuschel gebeugt vorfand und mein Mann sie von hinten vernaschte. Sie ließen sich auch nicht stören, denn sie waren kurz vor einem gemeinsamen Höhepunkt. Christian stöhnte kurz darauf auf, schob seine Stange bis zum Anschlag in ihre Spalte und verströmte wimmernd seinen Liebessaft in ihr. Sie küssten sich ungeniert noch einmal vor Marc und wuschen sich dann. Marc kam mit rotem Kopf herunter und erzählte mir, wie er die beiden vorgefunden hatte. Bald hinter ihm kamen auch die beiden herunter und Katrin erzählte schwärmerisch Nicole und Marc von unserem ungewollten „Partnertausch“.

Ihre Begeisterung stachelte auch mich an und ich mischte schwärmerisch mit. Neidisch meinte Marc, schade dass sich zu ihm keine von uns Frauen verirrt hatte. Nicole bekam einen roten Kopf und meinte, dass auch sie gerne einmal einen anderen Stecher zwischen ihren Beinen spüren möchte, wenn das so toll ist. Da sagte Mario, das sei kein Problem, wir könnten ja nach dem Frühstück alle sechs das "Bäumchen wechsle dich" spielen, das müsse noch viel toller sein. Weil Marc etwas komisch schaute, ging ich zu ihm, setzte mich auf seine Schoß und begann mit ihm zu schmusen. Dabei hielt ich ihm meinen Busen vors Gesicht und begann seine Beule in der Unterhose zu massieren. Das brach seine Zurückhaltung und er wollte mit mir gleich in ein Zimmer verschwinden. Christian hielt ihn zurück und schlug vor, dass wir alle im Wohnzimmer bleiben und den anderen bei ihrem geilen Akt zuschauen könnten. Ich zog ihm daraufhin mit einem Ruck die Unterhose aus und setzte mich schnell auf seine harte Stange. Nun war er ganz wehrlos und genoss meine Muschel auf seiner Stange. Lachend stürzte sich Mario auf Nicole, legte sie auf den Boden, bohrte ihr seinen Lümmel in die Muschel und begann sie kräftig zu bearbeiten. Mein Liebster saß noch am Sofa, hatte jedoch ebenfalls schon einen gewaltigen Ständer. Katrin ging zu ihm, setzte sich darauf und begann genussvoll darauf zu reiten, während er mit ihrer Brust spielte. Beide beobachteten uns mit geilen Blicken und kamen ebenfalls dabei richtig in Fahrt. Wir waren so aufgegeilt, das es uns bald kam. Als erster stöhnte Marc auf, den er war so erregt, weil er mit mir endlich einmal schlafen konnte, was er schon in unserer Jugendzeit immer wieder tun wollte. Da Nicole mit mir aufgewachsen war, damals schon mit ihm zusammen war, verweigerte ich mich ihm. Er versuchte es zwar immer wieder, aber ich wollte es wegen meiner Freundin nicht. Nun nützte er es freudig aus und kam vor Erregung so schnell, dass ich es gerade schaffte, auch zum Höhepunkt zu kommen, bevor er sich in mich verströmte. Nicole, die von Mario neben uns kräftig durchgenudelt wurde, jauchzte vor Lust, wobei sie uns fasziniert zugeschaut hatte und liebevoll aufstöhnte, als mein Ex sich ihn ihre Grotte entleerte. Katrin und Christian waren nun an der Reihe, den kleinen Tod zu erleben. Sie stöhnte auf und ihre Muschel begann sich krampfartig zusammenzuziehen, was auch ihn explodieren ließ. Mit einem genussvollen Schrie los und füllte ihre heiße Grotte mit seinem Saft. Sie hielten sich fest umarmt und genossen das herrliche Gefühl. Nachdem sich alle etwas erholt hatten, setzten wir uns zusammen, um unsere erste Runde zu bereden. Nach einem großen Schluck aus dem Sektglas war Partnertausch angesagt. Nicole ging zu meinen Liebsten und ich setzte mich zu Mario. Katrin setzte sich gleich auf Marcs steife Rute und begann darauf zu reiten. Während sich Nicole auf dem Steifen von Christian aufspießte und genussvoll darauf ritt, beobachtete er mich und Mario. Dieser konnte meiner Muschel Muskel Massage nicht lange standhalten, denn sein Keuchen wurde bald hektischer und ich ließ mich ganz auf seinen Lümmel sinken. Wimmernd kam er in mir und überschwemmte meine zuckende Grotte mit seinem Liebesnektar. Erschöpft ließ er sich zurücksinken, während sein Glied schnell schrumpfte uns aus meiner überquellenden Spalte flutschte. Ich stand auf, gesellte mich zu Christian und Nicole, die noch immer wimmernd auf ihm saß und seinen Liebesstab tief in sich eindringen ließ. Mein Schatz knetete abwechselnd meine und Nicoles Wonnekugeln und küsste uns dabei zärtlich. Dabei hörten wir Marc lustvoll aufstöhnen, als es ihm kam und er seinen Liebessaft in Katrins Spalte verströmte. Auch Nicoles Wimmern wurde lauter und ihr Körper begann zu zittern. Als Christian ihr schließlich seinen Hoden Inhalt in den Schoß s*rizte, schrie sie Lustvoll auf und sackte dann erschöpft auf ihm zusammen. Mit entspanntem Gesichtsausdruck ließ sie sich neben ihn sinken und ich schnappte mir schnell seine Lustwurzel. Mit der Hand massierte ich den Schaft, weiter, damit er schön steif blieb. Dann setzte ich mich darauf und begann sofort mit meiner Muschel die harte Stange zu massieren und darauf zu reiten. Christian küsste liebevoll meine wippenden Brüste und liebkoste sie mit seinen Händen. Nicole beobachtete uns mit geilen Blicken und aus ihrer Lustzone sickerte ein kleines Bächlein Liebessaft, das ihr Mario und Christian in den Unterleib gepumpt hatten. Nach einem langen, ausgiebigen Liebesakt wurde der Atem von meinem Schatz schneller und ergoss sich keuchend in mich. Nach einer kleinen Erholungspause gingen wir nacheinander waschen und setzten uns wieder im Wohnzimmer zusammen. Bei einem weiteren Glas Sekt plauderten wir noch einige Zeit über die vergangenen Stunden und fuhren schließlich ziemlich geschafft nach Hause. Da es noch nicht allzu spät war, lud uns Katrin noch auf einen Kaffee zu sich ein. Zuerst zogen wir uns bis auf die Unterwäsche aus und Mario stellte inzwischen frischen Kaffee auf. Katrin und ich deckten den Tisch. Während wir den Kaffee genossen, plauderten wir wieder über die vergangenen Nacht und unseren "ungewollten" Partnertausch. Alle vier waren einstimmig der Meinung, dass es wie immer ein tolles Gefühl war, wieder einmal mit einem anderen Partner zu lieben, wenn es auch "nur" der Ex war.

ICH BIN JUNG UND BRAUCHE DAS GELD

Nennt mich Doris 45 Jahre. Mein wirklicher Name tut nichts zur Sache. Was etwas zur Sache tut, ist, dass ich von meinem Mann in sexueller Hinsicht sträflich vernachlässigt werde. Gut, ich gebe zu, dass ich selbst nicht ganz unschuldig daran bin. Ich bin halt nicht nur geil, sondern auch geldgeil, so dass ich einen Mann heiratete, der das nötige Kleingeld besitzt, um seiner Frau ein angenehmes Leben zu ermöglichen. Den Preis dafür zahle ich jetzt, denn er ist rund um die Uhr beschäftigt, und wenn er mal nicht beschäftigt ist, ist er müde. Jetzt aber habe ich entdeckt, dass Geld auch eine sehr erotische Seite haben kann. Vor kurzem fing ich an, nach einem Begleitservice Ausschau zu halten, um nicht immer nur mit Frauen oder alten Männer ausgehen zu müssen. Man schickte mir einen recht vielversprechend aussehenden jungen Mann 19 Jahre, einen Studenten, der auf diese Weise seine Miete zu verdienen gedachte. Er hatte auch das Zeug dazu. Er war groß, gepflegt und gut gebaut und stand in dunklem Anzug vor mir, die frisch rasierten Wangen glatt wie mein eigener Po, die Fingernägel kurz geschnitten und poliert. Er duftete nach Jean Paul.

„Christian de la cruz llane", stellte er sich vor und deutete eine Verbeugung an.

„Ich bin Bett-Doris", sagte ich und gab ihm die Hand.

Auf dem Weg zum Theater erwies er sich als

angenehmer Konversationspartner, der amüsant und locker plaudern konnte. Noch ahnte er nichts von dem kleinen Spaß, den ich mir für ihn ausgedacht hatte.

„Sie sind also Student", sagte ich schließlich. „Was studieren Sie denn?".

„Betriebswirtschaftslehre", antwortete er.

„Oh. Das ist schön. Da kennen Sie sich doch sicher auch mit der interessantesten Form der Kommunikation aus, oder nicht?".

Er sah mich fragend an. „Und was wäre das?".

„Sex."

„Oh", sagte nun er. Ich merkte, wie er einen Moment lang verunsichert war, aber er fing sich sofort wieder und lächelte.

„Nun ja, ich bin in der Hinsicht nicht ganz ungeschlagen", sagte er mit falscher Bescheidenheit.

„Daran zweifle ich nicht. Auf Ihrer Homepage stand aber, dass Sex in Ihrem Begleitservice ausgeschlossen ist. Bleiben Sie dabei?".

„Ja. Das gehört zu meinen Prinzipien."

„Schade. Aber sie können es sich ja noch überlegen."

Sein Gesichtsausdruck besagte, dass er nicht verstand, was es da noch zu überlegen gäbe. Ich holte den eigens für diesen Zweck gedachten Tausend D-Mark Schein aus der Handtasche und hielt ihn so, dass er ihn gut sehen konnte. Einer von den Scheinen, wegen derer mich mein Mann so oft alleine lässt. Auf einen Studenten übt ein so großer Geldschein natürlich eine geradezu magische Wirkung aus und sein Blick konnte dies auch nicht verhehlen. Ich begann den Schein Ziehharmonika art zu falten, bis er nur noch eine Breite von einem Zentimeter hatte. Diese Faltete ich noch einmal in der Mitte, so dass sie nur noch halb so lang war. Dann raffte ich ohne Vorwarnung meinen Rock hoch, hob die Füße und stemmte meine Stiefeletten auf die Verkleidung über dem Handschuhfach. Christian wandte mit großen Augen den Kopf und schluckte. Sein Blick fiel auf Nylon bestrumpfte Schenkel und ein schwarzes Höschen, das vorn in der Mitte geschlitzt war. Durch diesen Schlitz hindurch steckte ich nun die gefaltete Banknote in meine Sprinkleranlage und schob sie ganz tief hinein. Als ich damit fertig war, setzte ich mich wieder ordentlich hin, zog meinen Rock hinunter, strich ihn glatt und tat ganz unbekümmert. In Wirklichkeit klopfte mir das Herz bis zum Hals ob meiner eigenen Schamlosigkeit, äußerlich aber wirkte ich ganz kühl.

„Würde es Ihnen etwas ausmachen, zur Abwechslung wieder einmal auf die Straße zu sehen?“, fragte ich ihn. Er tat es und ich konnte förmlich sehen, wie er innerlich mit sich kämpfte. Ich fügte hinzu:

„Einen hübschen Anzug haben Sie da, aber kann es sein, dass die Hose dort im Schritt nicht besonders gut sitzt?“.

Er antwortete nicht, überhaupt verlief die weitere Fahrt eher einsilbig, aber er tat weiterhin brav seine Pflicht. Wir erreichten unsere Theaterloge und nahmen auf den mit rotem Plüsch bezogenen Sitzen Platz. Während ich mich umsah, stellte ich zufrieden fest, dass unsere Plätze von woanders schwer einzusehen waren.

Die Lichter gingen aus. Das Theater begann. Ich sah Christian interessiert von der Seite an und legte meine Hand in seinen Schritt. Sofort spürte ich, wie darunter wieder ein sperriges Etwas zu wachsen begann und ein Loch in seine Hose zu bohren drohte.

„Warten Sie nicht zu lange", flüsterte ich ihm ins Ohr. „Man nennt mich auch die nasse Doris. Bald ist es um den schönen Schein geschehen."

Da war es auch um seine Widerstandskraft geschehen. Er sah sich verstohlen um, dann schob er schamhaft seine Hand unter den Bund meines Rockes. Seine Finger glitten über meinen Unterleib, unter meinen Slip, durch meinen frisierten Busch, legten sich über meine Scham. Dann tauchte er den Mittelfinger in die geheimnisvolle Tiefe. Das ging ganz leicht, denn ausgehungert, wie ich war, Tropfte ich vor Pflaumensaft. Ich spürte erregt, wie seine Fingerspitze den Geldschein berührte. Um ihn herauszubekommen, brauchte er jedoch zwei Finger. Das war, während er neben mir saß, nicht ganz einfach, aber er machte es sehr geschickt. Schließlich bekam er das Objekt seiner Begierde zwischen zwei Fingern zu fassen und zog es hinaus. Er hielt den Schein vor meinen Augen hoch, küsste ihn und ließ ihn in seiner Jacketttasche verschwinden.

Dann versenkte er seinen rechten Mittelfinger wieder in meiner Auster und bohrte unverdrossen darin herum. Während auf der Bühne das Drama

seinen Lauf nahm, gaben wir uns eher dem Lustspiel hin. Am liebsten hätte ich mich völlig gehen lassen, aber das konnte ich natürlich nicht tun. Ich musste weiterhin den Schein der anständigen Dame wahren. Mit wachsender Erregung fiel es mir allerdings immer schwerer, ruhig auf dem Stuhl zu sitzen, und mein Höschen und der Stoff des Rockes, auf dem ich saß, sogen sich immer mehr mit meinem Liebestau voll.
In der Pause, als wir an der Bar ein Glas Rotwein tranken, war es nun Christian, der souverän und überlegen lächelnd über der Situation stand, während ich völlig neben mir war. Meine Finger rangen nervös miteinander und ich wartete ungeduldig darauf, dass es weiterging. Ich fragte Christian, ob hinten feuchte Flecken auf meinem Rock zu sehen wären, aber er schüttelte den Kopf.
„So gut wie gar nicht", sagte er lächelnd.
Dann kam endlich der dritte Akt. Christian verstand sein Handwerk, das musste ich zugeben. Es war, als ob er die Sprache meines Geschlechtsteils verstand. Dann aber, mitten im dritten Akt, spürte ich auf einmal, dass wir den Bogen überspannt hatten. Alarmiert setzte ich mich auf, presste die Schenkel zusammen und blieb stocksteif sitzen.
„Verdammt, ich glaube mir kommt's", zischte ich ihm zu, während ich in meinem Innern das drohende Herannahen des Orgasmus spürte. „Halt ganz still, den Finger."
Er tat es und auch ich wagte es nicht, mich zu regen, in der Hoffnung, dass die drohende Katastrophe doch noch an mir vorüberziehen

würde. Dann spürte ich entsetzt, wie Christian mit voller Absicht die Kuppe seines Fingers in meiner Tiefe krümmte. Ich verfluchte ihn, denn nun war alles zu spät und die Flutwelle des Orgasmus begann über mich hinweg zu rollen. Ich konnte nicht mehr still sitzen. Statt dessen hob ich die Füße, spreizte die Beine und zappelte hilflos auf dem Stuhl herum. Christian hatte nun wieder zwei Finger in mir drin und säbelte wie besessen in meiner Scheide herum. Wellen wilder Lust fluteten durch mich hindurch wie glühende Lava durch den Schlot eines Vulkans. Um nicht laut zu stöhnen, presste ich meinen Mund fest auf den Ärmel seines Jacketts.

Als es vorbei war, beruhigte ich mich relativ schnell wieder. Ich war nun auch wieder völlig bei Sinnen.

„Ich habe, ehrlich gesagt, gar keine Lust mehr, mir das Geschrei auf der Bühne anzuhören", flüsterte ich ihm zu. „Kennst du nicht zufällig ein einsames, gemütliches Parkplätzchen irgendwo am Wald?".

Rein zufällig war das der Fall. Wir schlichen aus der Vorstellung und ich eilte auf klappernden Absätzen, Christian hinter mir herziehend, ins Parkhaus.

„Oder gleich hier unten?", fragte ich ihn, als wir ins Auto stiegen.

Er schüttelte den Kopf.

„Die Vorstellung ist gleich zu Ende. Bald wimmelt es hier von Leuten."

Er fuhr los. Draußen war es bereits dunkel. Nach ein paar Minuten ließen wir die Stadt hinter uns und sausten eine einsame Landstraße entlang.

Während er fuhr, legte ich ein Kleidungsstück nach dem anderen ab, bis ich splitternackt auf dem Beifahrersitz saß. Das Höschen warf ich aus dem Fenster. Mit der linken Hand öffnete ich seinen Gürtel, den Knopf seiner Hose, den Reißverschluss. Er hob bereitwillig den Hintern hoch und ich zog ruckartig an seinen Hosen. Sein Stange fluppte aus seiner Unterhose heraus und stand sofort senkrecht.

„Du hast einen schönen Funkturm", sagte ich und legte eine Hand um den strammen Schaft. Mit der anderen Hand schnallte ich mich ab, dann beugte ich mich mit dem Oberkörper über seinen Sitz. Meine Mähne fiel in seinen Schoß und ich begann die Spitze seines Penis zu streicheln.

„Kannst du noch fahren?", fragte ich zwischendurch.

„Ja, ja, mach weiter", rief er.

Ich nahm sein erigiertes Glied nun in den Mund und liebkoste es mit Lippen, Zunge und Gaumen. Das war insofern nicht ganz unproblematisch, als die Straße ja nicht völlig eben war und sich sein Freudenspender in meinem Mund etwas unkontrolliert auf und ab bewegte. Das hatte zur Folge, dass sein Stange auf einmal gegen die Innenseite meiner Wange zu peitschen begann und zuckend seinen Zuckerguss in meinen Mund spuckte. Ich wartete, bis er sich leergepumpt hatte, schluckte den warmen Schwall herunter und genoss den leicht beißenden Nachgeschmack.

„Tut mir Leid", sagte ich. „Das war die Straße."

„Ist doch egal", meinte er. „Die Nacht ist ja noch lang."

Das stimmte. Ein paar Minuten später erreichten wir unser Ziel. Christian schaltete den Motor ab und das Licht aus. Auf einmal war es sehr still. Ich kletterte etwas umständlich zu ihm herüber, setzte mich auf das lederne Lenkrad und meine nackten Füße auf seine Schultern. Langsam strich ich mit einem Fuß seine glattrasierten Wangen entlang, schob sanft meine Zehen zwischen seine Zähne, steckte meinen Fuß mitten in seinen Mund hinein. Er saugte an meinem Fuß, leckte und lutschte begierig meine Zehen. Langsam senkte ich meine Füße zu Boden, ließ mich rittlings auf seinem Schoß nieder. Mit einer Hand tastete ich nach dem Hebel für die Rückenlehne, klappte sie so weit nach hinten, wie es ging. Sein Samenspender ragte noch oder schon wieder in die Höhe, fand fast von selbst den Eingang zu meiner Lusthöhle, schlängelte sich geschmeidig mit dem Kopf voran in die Tiefe. Er hatte einen richtigen Prachtständer und ich erlebte einen der seltenen Augenblicke im Leben, in denen man sich ganz und gar ausgefüllt fühlt. Eine Weile blieb ich einfach ganz still sitzen, um dieses Gefühl zu genießen. Dann fing ich an, ihn zu reiten. Keiner von uns sagte ein Wort. Der Sitz quietschte. Ich stöhnte. Christian schnaufte. Seine Zunge erforschte die Tiefen meiner Mundhöhle. Ich trank förmlich seine Küsse. Seine Hände suchten nach meinen schweren reifen Brüsten, streichelten sie, liebkosten sie, kneteten sie. Ich zog ihm mühsam das Jackett aus, knöpfte sein Hemd auf, legte seine Brust und seine Schultern frei. Ich küsste und leckte seine Brust, biss spielerisch in seine Schulter. Seine Finger fuhren meine Po Ritze auf und ab. Seine Zähne knabberten an mein Ohrläppchen, seine Zunge folgte den Vertiefungen meiner Ohrmuschel. Ich fing an, unanständige Sachen zu ihm zu sagen, und er bettelte begierig nach mehr. Ich vögelte und vögelte ihn, gedankenlos, ohne Zeitgefühl, ganz dem Kommando meiner Lüsternheit ergeben. Als seine nasse Zunge sich in meinem Gesicht zu schaffen machte, konnte ich mich nicht mehr zurückhalten. Immer entschlossener wetzte ich meine glühende Dose an seinem Tiefseetaucher. Ich spürte, wie es mir kam, aber inzwischen war auch Christian wieder kurz vor dem Punkt ohne Wiederkehr. Meine Vagina nahm seinen Kleinen Bruder gehörig in den Schwitzkasten, während er seine weiße Soße in mich ergoss. Christian wimmerte mitleiderregend, während sein Stehaufmännchen das Zentrum meines Leibes zutiefst aufwühlte.

Keuchend und ausgepowert blieb ich auf ihm sitzen, während sein Stange immer noch in mir stak. Schweigend ruhten wir uns ein paar Minuten aus. Dann erhob ich mich langsam, setzte mich wieder aufs Lenkrad, präsentierte ihm zwischen gespreizten Beinen meine nasse Scham. Christian rutschte vor mir auf die Knie herab. Ich zuckte unwillkürlich zusammen, als seine Zungenspitze gefühlvoll meinen geschwollenen Spalt hinauffuhr und auf meine empfindsame Lustknopf stieß. Im nächsten Moment drang von außen unangenehm helles Licht herein, johlende Stimmen und lautes Gelächter wurde hörbar, begleitet von wiederholten Lichtblitzen. Etwas klopfte oder schlug von draußen aufs Auto. Geblendet versuchte ich zu erkennen, was draußen vorging, sah aber nur Licht und sich bewegende Schatten. Wütend tastete ich nach dem Zündschloss, drehte den Schlüssel, ließ das Fenster herunter und bedeutete den ungebetenen Gästen, sich vom Acker zu machen. Die ließen sich jedoch nicht im Geringsten beeindrucken, sondern amüsierten sich unbeirrt weiter. Kurzerhand stieg ich aus und stemmte die Hände in die Hüften. Dort standen drei junge, offenbar angetrunkene Paare, die uns bei unserer verschwiegenen Tätigkeit entdeckt hatten und sich nun einen Spaß daraus machten, uns dabei zuzusehen und zu fotografieren. Einer von ihnen hielt eine Taschenlampe in der Hand.

„Haut endlich ab, ihr Idioten“, beschwerte ich mich. „Seht ihr nicht, dass wir hier in Ruhe eine Nummer schieben wollen?“.

Der Lichtkegel der Taschenlampe tastete mich von oben bis unten ab.

„Seht mal“, rief einer von ihnen, „die Schwester hat da ein richtiges Bächlein zwischen ihren Beinen.“

„Bächlein?“, meinte ein anderer. „Ich würde das eher einen Wasserfall nennen.“

„Entweder ihr verschwindet jetzt, oder ich hole die Polizei“, rief ich. „Kann man denn in diesem Wald nur noch unter polizeilicher Aufsicht ungestört poppen?“.

In diesem Moment erschien Christian neben mir. Der Scheinwerfer kegel richtete sich auf ihn. Der Erektionswinkel seines Penis war deutlich am Sinken, doch sein athletisches Äußeres blieb nicht

ohne Wirkung auf die ungebetenen Gäste. Sie wurden hörbar ruhiger. Eine der drei Frauen machte noch eine belustigte Bemerkung über sein erschlaffendes Glied. Christian erwiderte: „Wenn ich hässliche Weiber sehe, geht er mir immer runter."
„Ach lass doch", sagte einer von ihnen. „Wenn die zwei Idioten keinen Spaß verstehen, sollen sie sich doch alleine langweilen."
Die anderen stimmten nach und nach zu. Zögernd zogen sie ab, nicht ohne noch die eine oder andere abfällige Bemerkung vom Stapel zu lassen. Als sie in sicherer Entfernung waren, kniete ich mich vor Christian auf den Waldboden und bemühte mich eigenhändig und eigen mündig, seinen etwas durchhängenden Egomanen moralisch wieder aufzurichten.
„Das hast du toll gemacht. Ich bin stolz auf dich", sagte ich zu ihm. Es dauerte keine Minute und sein getreuer Diener stand wieder aufrecht auf der Matte. „Weißt du, worauf ich jetzt Lust hätte?".
Ich machte es mir auf der Rückbank bequem und hängte meine gespreizten Beine über die Rückenlehnen der Vordersitze. Christian zwängte sich zwischen meine Schenkel und versenkte seinen Kolben in meinem Zylinder. Dann bumsten wir, bis wir nicht mehr konnten.
Auf der Rückbank ineinander gekuschelt, von unseren Klamotten bedeckt, ruhten wir uns aus.
„Hast du heute Nacht noch etwas vor?", fragte ich.
„Nichts Bestimmtes."
„Das ist schön. Ich habe nämlich noch eine Überraschung für dich."

Er hob ein wenig den Kopf.

„Noch eine?".

„Ja. Meinen Haupteingang kennst du ja schon", sagte ich, „und die tausend D-Mark Belohnung, die dort auf dich gewartet haben, hast du dir redlich verdient. Es gibt aber auch noch einen Hintereingang. Dort würden auf dich, fein säuberlich zusammengerollt, noch einmal tausend D-Mark warten, die du dir verdienen könntest. Du musst sie dir nur holen. Wie hast du gesagt? Die Nacht ist ja noch lang."

Er lächelte.

„Du bist ein Schatz, der lauter Schatzkammern in sich birgt, die lauter Schätze in sich bergen."

„Wenn du willst, können wir uns ja bald noch einmal treffen", erwiderte ich. „Mein Mann hat's schließlich."

EIN SCHÖNER URLAUBS MORGEN

Ein zarter Strahl warmen Lichtes dringt durch die geschlossenen
Fensterläden des alten toskanischen Hauses in das
wohlig kühle Schlafzimmer. Es war ein schöner
Abend und ich werde durch diese angenehmen
Düfte von Lavendel, Zypressen Harz und Orangen
geweckt. Ein angenehme Priese zieht vom Meer
herauf und um streicht deinen
halb bedeckten wohlgeformten Körper.
Leicht werden die zarten Härchen an deiner
Wirbelsäule sanft bewegt.
Von einem Hauch Orangenduft umspült.

Du schläfst noch und sanft hebt sich dein
wohlgeformter Busen mit jedem
Entspannten Atemzug. Ich beobachte dich und
erfreue mich daran wie das weiße Leintuch von
deinem Bauch gleitet und langsam einen Blick auf
deinen sanften Venushügel freigibt. Es erregt mich
zu sehen wie unterhalb des kleinen rasierten
Flaums ein leichter Schimmer von Feuchte an
deinen Schamlippen haftet.

Langsam räkelst du dich und schlafend drehst du
dich auf den Bauch.
Dein wunderbar weiblich geformter Po verzückt
mich sehr und ich beschließe
Vorsichtig aufzustehen um etwas zu holen was
dich, deine Haut und jede Stelle deines Körpers

verwöhnen soll.....

Vorsichtig wärme ich das wohlriechende Öl in meinen Händen an und lasse es durch meine Finger auf deinen Rücken rinnen. Ich merke wie ein ganz leichter wohliger Schauer durch deinen Körper zuckt, aber im Halbschlaf spürst du warum du sanft geweckt wirst.

Ganz vorsichtig verteile ich das Öl auf deiner samtig weichen Haut, beginne dir zarte Küsse auf den Nacken und deine Schulterblätter zu geben. Leichte zärtliche Bisse verursachen ein sanftes Schnurren und mit geschlossenen Augen fühlst du meine Hände, die nun beginnen betont fordernd und kräftig jede Stelle deines Rückens zu erforschen.

Jeder Muskelstrang vom Nacken abwärts wird von meinen kräftigen Fingern
wohlig bedacht während meine Hände tiefer wandern und leicht die Innenseiten deiner Po spalten hin abgleiten.
Es erregt mich sehr zu sehen wie sich bei jeder kreisenden Bewegung deines Po´s deine zart rosa scheinenden Schamlippen öffnen und einen kleinen Tropfen dieser wonnige Flüssigkeit Preis geben, welche zeigt das du mehr und mehr bereit für mich bist. Dein Atem wird tiefer, mein Lustzentrum ist schon ganz hart und ich muss mich sehr zurückhalten nicht gleich in deine angeschwollene Weiblichkeit eindringen zu wollen.

Ich möchte aber deine Begierde steigern und meine Finger gleiten durch deine feuchte Spalte zu deinem erregt stehenden Kitzler. Er reckt sich mir förmlich entgegen und ich fange an langsam, angemessen kräftig deine Lustknospe zu massieren. Ich spüre wie deine Wollust aufsteigt und ein tiefes Stöhnen über deine Lippen kommt, ich kann sehen wie sich deinen zarten Brutwarzen zu ansehnlichen Nippel aufgerichtet haben, welche Da stehen um genauso liebkost zu werden.

Mit zwei Fingern massiere ich deine Klitoris, mein Daumen dringt langsam in deine heiße Spalte ein und mit einem saugen umschließt du ihn ganz fest.......
... Verlangend streckst du mir deinen Po entgegen, wollüstig stöhnend streichelst du deine Brust und massierst mit geschlossenen Augen deine harten Nippel.

Ich möchte dich noch etwas zappeln lassen und setze meine Massage fort, gleite dein Bein hinunter zu deinen Füßen und verwöhne deine Reflexzonen. Du bist so erregt das deine Hände hinab zu deiner Scham gleitet und dich vorsichtig aber zielstrebig anfängst zu befriedigen.
Vorsichtig knie ich mich über dich so dass dein Gesäß zwischen meinen Beinen liegt, meine Eier und mein harter Stange liegen auf deiner Po spalte. Ich konzentriere mich darauf sanft deinen Nacken zu massieren, ich küsse deinen Hals leidenschaftlich und beiße leicht an deinen Ohrläppchen. Meine Zunge sucht neugierig

zwischen deinen Schulterblättern.

Ich beuge mich leicht vor und mein bestes Stück
gleitet an deiner Po spalte hinunter und taucht
zufällig in deinen bereiten, verlangenden Lustspalt
ein. Fast schon folternd schiebe ich meinen
Schwanz langsam Millimeter für Millimeter in
deine heiße Muschel, als erstes spüre ich wie deine
Schamlippen meine Eichel fest umschließen.
Meine Lustspitze dringt tief in dich ein und mit
einem lauten Stöhnen macht sich deine Lust frei.

Ich will dich weiter scharf machen und ziehe mich
bewusst langsam zurück,
Du bäumst dich auf und willst gestoßen werden,
diesen Gefallen tue ich dir aber nicht.
Mit festem Griff an deine Hüften drehe ich dich
auf den Rücken und ich...
Gleite mit meiner Zunge von deinem Bauchnabel
abwärts.
Vorbei an dem Schambereich
Liebkose ich die Innenseiten deiner Schenkel. Dort
bist du ganz sensibel und ich genieße es wie du
zuckst und deine Zunge deine Lippen benetzt.

Ich will dich jetzt schmecken, ich liebe es diesen
wohligen Saft zu schmecken, der so intensiv nach
dir schmeckt der so leicht und doch so gleitfähig
ist

Ich schmeckte deinen Venushügel und umschließe
mit meinen Lippen die Ausläufer deiner
Schamlippen. Dann sauge ich an deiner Lustknopf

und zwischen unnachgiebigem Saugen umspielt
meine Zunge deinen leicht angeschwollenen
Lustknopf. Du bist außer dir vor Erregung und
meine Starken Hände haben deine Po backen fest
in der Hand.

Ich genieße dich wie eine süße Frucht, gebe dir die
Chance wieder zu Atem zu kommen. Immer
wieder mache ich langsam, löse den Griff meiner
Lippen und streichle mit meiner Zungenspitze den
vordersten Teil deines rosigen Kitzlers.
Gleichzeitig gleiten meine Finger frech an deinem
Anus vorbei und ich merke einen Schauer der
durch deinen Körper zuckt.
Es macht mir Freude dich so vor Geilheit zerlaufen
zu sehen und meine Finger dringen sanft in deine
Lustgrotte ein um der Zunge zu helfen dein Lust
noch zu steigern.

Genug der Sanftheit, du siehst mich an und ich
weiß das du nun meine Männlichkeit spüren willst.
Du dreht dich auf den Bauch streckst deinen Po in
die Höhe und spreizt mir deine Weiblichkeit
entgegen. Ich bin auch stark erregt und nehme
meinen Schwanz in die Hand und zeige dir was du
gleich in dir erleben wirst.

Ich nehme freudig einen gleißenden Lichtstrahl
wahr der ins Schlafzimmer fällt
und genau auf deine aufreizende Pose fällt. Wie ein
Bild von einem verliebten Maler. Ich nehme dich
fest an der Hüfte, dringe fest in dich ein, bewege
mich schwer und Tief in dir. Jeder stoß wird von

einem tiefen stöhnen von dir begleitet.
Schweißperlen bilden sich auf deiner Haut und ich
legte sie wollüstig ab. es macht mich ganz verrückt
wie du mich ansiehst, zwischen flehen und
anfeuern. Dein Mund lechzt nach jedem
Zentimeter den ich in dir ausfülle.

Es scheint als könntest du mich innen
umschlingen, meinen Schwanz festhalten. Es
macht mich wahnsinnig.

Ich gleite an deinen Hüften durch und lasse meine
Finger wieder zu deiner
spalte gleiten. Dein Kitzler steht mir aufrecht
entgegen und ich lasse ihn sanft zwischen meinen
Fingern auf und ab gleiten.
Wild stoßend und massierend bringen wir das alte
Bett zum fliegen, du hältst dich am Stab des
Kopfteils fest und versuchst jedem Stoß entgegen
zu wirken. Dein Blick fällt auf einen großen
Spiegel in dem du uns beobachten kannst.
Es erregt dich noch mehr heimlicher Beobachter
unseres Spiels zu sein, deine Hand langt von hinten
über deinen Po und greift nach meinem Harten
Speer mit zwei Fingern, du willst sehen wie mich
das in Bedrängnis bringt mich nicht sofort in dich
zu ergießen, wild stoße ich zu, bis ich dich an
deinen Hüften anhebe und auf das kleine hölzerne
Tischchen
setze. Ich spreize deine von Lust heißen Schenkel
und stecke meine Männlichkeit in deine
pulsierende Muschel. Du verdrehst die Augen ein
wenig und krallst dich mit deinen fordernden

Händen an der Tischplatte fest.
Dein Schoß umschließt mich ganz fest und es
kommt mir vor das dein ganzer Körper bis zur
letzten Faser an mir saugt.
Meine Lippen umfassen eine Brustwarze und
saugen fordernd daran. Wollüstig stöhnst du auf
und blickst mir in die Augen, nun ist es soweit , der
Zug der Lust fährt los und wir vereinigen uns
leidenschaftlich heftig, Schweißperlen tropfen von
uns herab auf den Boden,
ich stoße wild in dich hinein und mit lautem
Stöhnen und heißen Blicken
fallen wir gemeinsam in den Strudel des
Orgasmus.

Sanft sinken wir übereinander nieder, der zärtliche
Wind vom Meer um streicht unsere Körper,

DIE FRAU MEINES CHEFS

Als ich Koch war, lief die erste Zeit alles perfekt. Ich stürzte mich voller Elan in die neuen Aufgaben, wollte meine eigenständige wissenschaftliche Arbeit beweisen. Ich traf mich mit den Kollegen nach der Arbeit auf ein Bier, wir feierten zusammen, und auch unser Chef war ein super Typ. Jung, aufgeschlossen und sehr intelligent! Das glaubte ich zumindest für eine Weile. Aber dann blickte ich irgendwann hinter die Fassade. Dazu waren etliche Momente und Puzzleteile notwendig.

Ich lernte in dieser Zeit meine damalige Freundin Elena kennen, eine Russin, die als eine von drei Übersetzerin für den Institutsleiter arbeitete. Wir waren uns auf einer kleinen Feier im Zoo Osnabrück etwas näher gekommen. Einige Stunden später lagen wir in den Federn und F*ckten, was das Zeug hielt. Erst am nächsten Tag bekam ich heraus, dass mein Kochkollege, eine achtundzwanzig jährige Beinahe-Jungfrau, gerade anfing mit Linda zu gehen. Sie hatte ihn am letzten Wochenende entjungfert. Mich scherte das nicht. Sollte sich der Trottel doch eine andere Frau suchen. Also handelte ich mit Linda an, und bereits zwei Tage später gingen wir offiziell miteinander, die Jungfrau war abserviert!

Es folgten sechs Monate. Linda und ich trieben es täglich, wo auch immer wir waren, in meinem Küche im Kühlhaus, im Fahrstuhl, in öffentlichen

Anlagen… Sie gestand mir, dass sie täglichen Geschlechtsverkehr wie die Luft zum Atmen brauchte. Ich war wie benommen, vernachlässigte dabei meine Arbeit, weil ich immer nur an die heiße Muschel von Linda denken konnte, in die ich bald meinen Stange versenken konnte.

Weihnachten kam näher, und unser unsere Hotelkette kam zu einer kleinen Feier zusammen. Mein Chef hatte endlich seinen Michela Stern bekommen,
und wir ließen es uns an dem Abend von den 31.818 Euro die er eingeheimst hatte, richtig gut gehen. Es krachte richtig! Der erste meiner Kollegen war bereits nach einer Stunde so voll, dass er besinnungslos im Klo lag.

Aus den Augenwinkeln bemerkte ich, wie mein Chef und meine eine Kollegin, eine Kellnerin, sich erhoben und in den Weinkeller verschwanden. Als ich kurz danach meine Blase entleeren musste und an der Tür zur Weinkeller vorbeikam, hörte ich nur das Stöhnen der beiden von innen. Sie vögelten ganz ungeniert und lautstark vor sich hin.

Im nächsten Jahr wurde das dritte Kind meiner Kollegin geboren, ein kleiner Junge, der, verdammt noch mal, genauso aussah, wie mein Chef. Die gleichen blonden lockigen Haare, die gleichen hellen Augen. Ach, wie rührend musste es für einen Außenstehenden aussehen, wenn er den Kleinen knuddelte. Zum ersten Mal hätte ich bei den Szenen kotzen können, zumal ich in das säuerliche Gesicht des Ehemannes meiner Kollegin blickte. Aber das war nicht meine Sache, sollte er sich gefälligst darum kümmern.

Die Frauen flogen nur so auf meinen Chef. Er war damals Anfang vierzig, lockiges, graues Haar mit Geheimratsecken, eine kräftige Statur wie halt ein guter Koch aussehen sollte und wortgewandt war er auch.man könnte auch sagen ein Klugscheißer Wenn wir auf der Küche waren, erhielt er kurz danach immer Liebesbriefe von irgendwelchen vernachlässigten ältere Damen, die er aufgerissen hatte. Dabei hatte der Schwachkopf eine wirklich schöne und liebe Frau zuhause, die sich um die beiden Kinder kümmerte.

Aber nein, er konnte es nicht lassen, jedes Loch, das sich ihm bot musste er mit seinem Schwengel ausfüllen. Er war ein Dinosaurier, dachte mit dem Stange.
Mir war es egal, bis wir im kommenden Jahr zusammen wieder eine Weihnachtsfeier hatten. Mein Motorrad war leider in der Werkstatt, ich musste nach der Feier mit dem Bus fahren. Irgendwann zog mich der Schweinehund beiseite und bot sich an, meine Freundin nach Hause zu fahren. Ihre Wohnung lag ja auf dem Weg. Ich glaube, das war der letzte Moment, in dem ich noch unschuldig anderen Menschen glaubte, was sie mir erzählten.

Während ich zur Bushaltestelle ging fuhren er und Linda in seinem schneeweißen Audi davon.

In den nächsten Tagen trat eine merkwürdige Veränderung in der Beziehung von Linda und mir. Sie schien keinerlei Lust auf Sex zu verspüren, verweigerte sich. Als ich sie schließlich am vierten Tag zur Rede stellte, sprudelte es schließlich aus ihr heraus.

Mein Chef, die dumme Sau, hatte sie abgefüllt, nachdem er mit zu ihr in ihre Wohnung gegangen war. Dann hatte er sie brutal durchgef*ckt. Dabei hatte sie einige Verletzungen davongetragen, der Grund warum wir nicht mehr miteinander schliefen. Nicht, das er sie vergewaltigte, nein, sie wollte es ja! Aber für ihn war sie nur ein weiterer Strich auf seiner Trophäen liste, während sie inzwischen davon träumte, dass er sich von seiner Frau scheiden ließ. Unser unerfreuliches Gespräch endete schließlich damit, dass sie mir an den Kopf warf, dass sie mich nur genommen hätte, weil sie ihn nicht bekommen konnte, und ich ging daraufhin. Unsere Beziehung endete einen Tag später. (Die Jungfrau stand schon in den Startlöchern, um meinen Platz einzunehmen. Dieser Dünnbrettbohrer!)

Obwohl für mich das Thema gegessen war, kotzte mich seitdem mein Chef, dieser vollgeschissener Flachwichser, den. Er wusste mittlerweile, von meiner ehemaligen Freundin, dass ich wusste, was passiert war. Also pflegten wir für den Rest der Zeit eine zivilisierte Feindschaft. Er konnte mich nicht loswerden, ohne zu riskieren, dass seine Stangen-Abenteuer bekannt wurden, und ich bekam zu spüren, was es hieß, sich mit einem Chef anzulegen.

Es wurde wieder Weihnachten, wir kamen alle, Friede, Freude, Eierkuchen zusammen, taten so, als wären wir eine große Familie und schütteten uns zu. Diese Feier war jedoch anders, denn zum ersten Mal war Nadine, die Frau meines Chefs ebenfalls anwesend. Als er mit einer neue Kollegin aus dem Saal verschwand, wahrscheinlich wieder in Richtung Weinkeller, sah ich Nadine an. Sie bebte, stand auf und verließ die Feier. Ich zögerte einen Moment, stand dann ebenfalls auf und folgte ihr. Ich sah sie gerade noch durch die große Eingangstür verschwinden. Schnell warf ich mir meinen Jacke über, band den Schal um und verließ ebenfalls das Gebäude. Ich folgte den frischen Fußspuren im Schnee hinter das Gebäude. Dort stand sie, die Hände vor das Gesicht geschlagen und weinte. Ihre Schultern bebten.

In diesem Moment verspürte ich eine unbändige Wut auf meinen Chef. So eine tolle Frau an der Seite, und trotzdem jedes Loch vögeln, was nicht rechtzeitig aus der Reichweite verschwand! So ein falscher 50er!

Ich hielt kurz inne, schritt dann auf sie zu. Sie hörte meine knirschenden Schritte im neu gefallenen Schnee, wandte ihr gerötetes Gesicht mir zu. Ich brauchte kein Wort zu sagen, sie fiel in meine Arme, hielt mich eng umschlungen und weinte herzzerreißend darauf los. Ich fühlte mich hilflos und wütend. Mit ungelenken Bewegungen strich ich über ihr Rotes Haar, das glatt auf die Schultern fiel. Ich presste sie an mich, liebkoste ihren Rücken, zärtlich und mitfühlend, wie ich hoffte. So standen wir im Park hinter dem Restaurant. Aus den beleuchteten Fenstern vorne drang gedämpft der Lärm der langsam volltrunkenen Meute. Nadine senkte den Kopf an meine Brust, schlang ihre Arme noch enger um mich und weinte erneut hemmungslos. Schließlich stieß sie mich von sich, wischte sich die Tränen aus dem Gesicht und atmete heftig ein. Ich zog ein Taschentuch aus der Innentasche meiner Jacke. Aber anstatt es ihr zu reichen, tupfte ich sanft die verlaufene Schminke und die Tränen von ihren Wangen. Sie sah mich für einen Augenblick an, kniff dann die Augen zusammen, fing wieder an zu weinen und flüchtete sich in meine Arme. Ohne ein Geräusch fiel sanft der Schnee auf ihr rotes Haar. Ich stand dort, wollte diesem zerbrechlichen, schönen Wesen nur meinen Schutz gewähren. Sie hob den Kopf, sah mich an.

„Versprich mir, nicht so zu werden wie er" Sie sah mir in die Augen. Ich nickte. „Ich verspreche es Dir!" Ich strich ihr sanft über das Gesicht, gab ihr ein Taschentuch. Sie wandte sich ab, stand vor mir, das schönste, verletzbarste Wesen, was ich mir vorstellen konnte. Nach einer Weile drehte sie sich zu mir um.

„Fährst Du mich bitte nach Hause?" fragte sie leise. Ich nickte stumm. „Natürlich!" Ich rief ein

Taxi an soo nach 10 bis 15 Minuten war es dann da ich hielt ihr die Tür auf, ließ sie in den Mercedes einsteigen. Schnell schritt ich um das Auto herum, setzte mich hinder den Fahrersitz und der Taxifahrer fuhr los Zum Glück war das Auto schon warm, um Nadine es so angenehm wie möglich zu machen. Während der ganzen Fahrt sprachen wir kein Wort miteinander. Bei ihr angelangt, hielt der Fahrer an, sah sie an. Sie saß still im Sitz, stieg dann ohne ein weiteres Wort aus und verschwand durch die Tür zu ihrem Haus. Ich blieb eine Weile steif sitzen, bevor das Taxi wieder davonfuhr.

In den nächsten Tagen hatte ich keine leichte Zeit. Mein Chef hatte natürlich mitbekommen, dass ich mich um seine Frau gekümmert hatte. Das brachte ihn auf die Palme. Er schrie mich wegen jedes kleinen Fehlers an, diskutierte mit mir wegen irgendwelchen unwichtigen Sachen, nur um zu zeigen, wie haushoch er mir überlegen war. Dabei immer abfällig im Ton. Ich war der Niemand, er der strahlende Held. Dieser Scheißkerl!

Es war die zweite Januarwoche, als ich einen unscheinbaren Brief in meinem Postkasten vorfand. Kein Absender, nur in kleiner, sauberer Handschrift mein Name Christian auf dem Briefumschlag. Ich öffnete den Umschlag.

„Ich möchte Dich gerne sehen. Morgen, Café Frauentür"

stand in einer feinen Handschrift,

niedergeschrieben mit einem Füllfederhalter, auf einem sorgfältig gefalteten Papier und es roch leicht nach Frauen Parfüm. Nadine!

Am nächsten Tag, mein Chef war zu einer zu einem anderen Hotel von unserer Hotel Kette in in Verona in Italien aufgebrochen, machte ich mich nach dem Mittagessen auf und ging in das Café Frauentür" Ich sah mich kurz um. Nur wenige Besucher waren anwesend, Nadine war nicht darunter. Also setzte ich mich an einen freien Tisch, bestellte einen Tee. Danach noch einen, und noch einen. Schließlich, am späten Nachmittag, ich war schon drauf und dran, das Café Frauentür" zu verlassen, betrat Nadine den Raum. Ein kurzer Blick ihrerseits genügte und sie schritt zielstrebig auf meinen Tisch zu, nahm Platz. Nichts mehr erinnerte an die zutiefst verletzte Person von neulich.

Sie bestellte einen Cafe Latte und sah mich an.

„Ich möchte, dass Du den Abend von neulich vergisst", begann sie. Ich sah sie erstaunt an. Wie konnte ich das vergessen?

„Ich danke Dir, aber das ist auch alles! Vergiss die ganze Situation" Ihre Worte klangen zurechtgelegt. „Mir geht es gut. Ich möchte mich entschuldigen." Wofür, zum Teufel, dachte ich.

Irgendetwas ging hier an mir vorbei. Ich fühlte mich wie im falschen Film. Da saß diese bezaubernde Frau, gut fünf Jahre älter als ich, mir gegenüber und faselte etwas von Vergessen. Sie war so schön! Ich wollte sie wieder in meinen Armen spüren. Doch sie nippte nur kurz an ihrem Glas, stand auf und drehte sich um. Jetzt oder nie! Dachte ich.

„Ich habe zwei Karten für ein Konzert morgen" rief ich. „Ich möchte mit Dir dort hingehen!" Sie blieb stehen, drehte sich langsam um und sah mich an. „Warum?"

Diese Frage hatte ich nicht erwartet. Ich hatte ihr nichts entgegenzusetzen. „Bitte!" sagte ich stattdessen schlicht. „Ich würde mich sehr freuen!"

Sie drehte sich danach wortlos um und ging. Am nächsten Abend stand ich wie ein Trottel vor dem Theater. Ich wartete. In meiner, vor Kälte gefühllosen Hand hingen zwei Eintrittskarten für das Konzert. Dann, als der Gong schon zum zweiten Mal ertönt war, sah ich ein Taxi vorfahren und Nadine stieg aus. Sie sah wunderschön aus! Ich hatte nie eine bezaubernde Frau gesehen! Sie lächelte mich an.

„Wollen wir?" fragte sie, hakte mich ein und schritt mit mir im Schlepptau zur Eingangstür. Es war ein wundervoller Abend. Von dem Konzert bekam ich zwar nichts mit, dafür saß die schönste Frau, die ich kannte direkt neben mir. Ich atmete ihren Duft ein, fühlte mich wie im siebten Himmel.

Nach dem Konzert führte ich sie mit dem alten Trabant.schweigend fuhr ich durch die dunklen Straße am Buchenwald vorbei.Zwei Ortschaften weiter sind wir bei ihr angekommen, ich fuhr zwei Straßen weiter.

„Halte in der nächsten Straße und warte 20 Minuten." Sagte sie leise. Dann stieg sie aus und ging zurück zur Gartentor zu ihrer Haus. Ich fuhr ein Stück weiter, bog in die nächste Gasse ein und hielt an. Ich schaute auf die Uhr. Nach 11 Minuten und die Sekunden kamen mir vor wie eine Ewigkeit und konnte vor Aufregung nicht erwarten. Ich stieg aus und ging auf ihr Haus zu. Als ich vor der Eingangstür endlich war, sah ich durch die hell erleuchteten Fenster, wie sie mit ihren Kindern durch das Wohnzimmer tobte. Ich sah dem Schauspiel für einen kurzen Moment gerne zu, wandte mich dann ab und ging zurück zu meinem Auto.

Zwei Tage später flatterte mir wieder ein Brief in meine Spind in der Umkleidekabine. Mit der gleichen Schrift, wie in dem Schreiben zuvor, Nadine hat mich auf einen Kaffee eingeladen. Wir trafen uns am nächsten Tag in einem anderen Cafe, am Marktplatz redeten über belanglose Dinge, scherzten miteinander. Ich lud sie zu einem Besuch in ein Museum für früh und Urgeschichte ein. Sie willigte ein, nachdem sie ihr Gesicht verzogen hatte. Es wurde ein schönste Nachmittag . Am nächsten Tag erwartete ich Nadine am Café Frauentür". Wir machten einen schönen

Spaziergang durch die Altstadt. Im das Museum ich gab mir Mühe, ihr die verschiedenen Sachen zu erlären, so einfach es ging, zu erklären. Am Ende, im Museumsshop, in dem ich mir noch ein Buche kaufte, schnaufte sie, legte mir unbedacht eine Hand auf den Arm.

„Du hast wirklich Talent!“ sagte sie. „Daniel kann es bei weitem nicht so gut erklären wie Du!“ Sie sah mich an. „Ich danke Dir, es war ein schöner Tag!“ Dann beugte sie sich vor, drückte mir einen Kuss auf die Wange.

Während ich in Richtung Heimat fuhr, musste ich immer nur an sie denken. Sie saß neben mir, die tollste Frau, die ich kannte. Es war schon dunkel, als ich wieder drei Häuser weiter in ihrer Straße hielt.

„Komm!“ sagte sie nur kurz und stieg aus. Ich stellte den Motor ab, stieg aus. Sie nahm meine Hand und wie ein übermütiges, frisch verliebtes Pärchen gingen wir auf das großen weißen Haus zu, den sie ihr Heim nannte. Sie schloss die Tür auf und zum ersten Mal betrat ich ihr Haus. Nadine machte das Licht im Eingangsbereich an, verschwand dann nach links. Kurz danach fiel Licht durch den Durchgang.

„Möchtest Du auch einen Cuba Libre?“ rief sie. Im ersten Moment nickte ich nur kurz, dann besann ich mich und rief, „Ja, bitte!“

Sie stand hinter einer Bar, hatte zwei Gläser auf
die gläserne Platte gestellt, und goss aus einer
Flasche die Cuba Libre in die Gläser. Anschließend
dekorierte sie die Drinks mit grünen Limetten aus
einem Kühlschrank unterhalb der Platte. Sie nahm
ein Glas, hob es an und rief mit einem fröhlichen
Lächeln „Skal!"

Auch ich nahm mein Glas und wir stürzten
zusammen die Cuba Libre herunter. Es folgten
kurz danach noch zwei weitere Gläser.

„Die Kinder sind heute bei meiner Mutter." sprach
sie wie im Monolog. Sie goss die Gläser nochmals
voll. „Hast Du Hunger?" Ohne die Antwort
abzuwarten, wandte sie sich um und verschwand.
Ich folgte ihr. Sie stand in der Küche, ratlos, wie es
schien.

„Ja, auf Dich!" vollendete ich jetzt meine Antwort
auf die Frage. Damit schritt ich auf sie zu, nahm
sie in die Arme und küsste sie. Unsere Zungen
trafen sich. Ich hielt sie eng an mich gepresst,
erkundete ihren Mund. Sie erwiderte den Kuss
leidenschaftlich. Sie streichelte mir durch das
Haar, während sie an mir hing. Die Küsse waren
die reinste Wonne! Ich spürte, wie sich mein
Stange eine Etage tiefer aufrichtete. Auch Nadine
spürte es, da ich sie eng an mich presste. Sie löste
sich von mir, ergriff meine rechte Hand. „Komm!"
sagte sie kurz.

Ich folgte ihr die geschwungene Treppe hinauf. Im Schlafzimmer angelangt, sanken wir auf das Bett und küssten uns. Es dauerte eine Ewigkeit, es war wunderschön! Schließlich griff ich zum Reißverschluss an ihrem Rücken, zog ihn langsam herunter. Ich kniete mich vor ihr auf dem Bett hin, zog ihr das schlichte, aber elegante Kleid aus.

Sie hatte eine sündhaft teure Kombination aus BH und Slip an, dazu Strümpfe. Immer und immer wieder küsste ich sie. Sie knöpfte mein Hemd auf, strich mir über die Brust und kraulte meine Haare auf der Brust. Ich richtete mich auf, ich war über alle Maßen erregt. Trotzdem, es durfte nicht in einem simplen F*ck enden. Nadine war etwas ganz Besonderes. Ich kniete neben ihr auf dem Bett, der Oberkörper nackt. Ich fing an, sie sanft zu streicheln. Ich fuhr mit meinen Fingern die Konturen ihres Körpers entlang. Von den Unterarmen über die Achseln hinab zu den Außenseiten der Schenkel.

Irgendwann nahm ich ihre Zehe durch die Strümpfe in den Mund, saugte daran. Nadine stöhnte leise auf. Ich nahm mir sehr viel Zeit, strich langsam über ihren Körper, meine eigene Geilheit im Zaum haltend.

Ich streichelte und küsste sie, ließ sie fühlen, dass sie ganz Frau sein durfte, dass sie sich fallen lassen durfte, dass sie geborgen war. Vorsichtig strich ich über ihre Brüste, lutschte zärtlich an ihrem Bauchnabel und strich die Seiten ihrer Schenkel entlang.

Schließlich griff ich hinter sie, öffnete den Verschluss des BHs und zog das teure Stück weg. Mir reckten sich zwei wunderschöne runde Brüste entgegen, die ich liebevoll streichelte. Ich saugte an ihren Brustwarzen Nippel, strich mit meiner Zunge über den Warzenhof und küsste das weiche, vollkommene Fleisch zärtlich.
Gott, sie hatte perfekte Brüste. Rund und steil aufgerichtet, Meine Hände umschlossen ihre Brüste zärtlich, kneteten sie vorsichtig durch. Ich wanderte mit meinen Händen hinab, zog Nadine langsam den Slip aus. Zum Vorschein kam ein sorgfältig gestutzter Streifen Haare, direkt über ihrer Muschel. Der Streifen war nicht breiter als etwa eine Fingerdicke. Ich streichelte sie zärtlich. Ihre Muschel war ganz nass, als ich meine Finger hineinsteckte. Ich spielte vorsichtig an ihrer Lustknopf. Ihre Perle stand hart zwischen den Muschellippen hervor. Sie wurde unter meinen Berührungen noch größer. Ich entledigte mich meiner restlichen Kleidung. Mein Stange wippte erregt, senkrecht abstehend. Die Eichel war prall und rosa, sonderte Flüssigkeit ab, die auf Nadine tropfte. Nadine spreizte die Beine und ich drang mühelos in ihre nasse Mitte ein. Mein steife Stange bewegte sich in ihr auf und ab in den regelmäßigen Stößen, die ich vorgab.

Mit einem mächtigen Schwall ergoss ich mich in sie, während sie gleichzeitig im Orgasmus stöhnte. In dieser Nacht schliefen wir noch sieben mal miteinander. Schließlich schliefen wir erschöpft in der Löffelchen-Stellung ein. Am nächsten Morgen duschte ich gemeinsam mit Nadine, frühstückte mit ihr gemeinsam. Es waren die schönsten Stunden meines Lebens.

Noch zweimal verbrachten wir eine tolle Nacht miteinander. Wir F*ckten bis zur Besinnungslosigkeit.

Dann hatte ich meine abschließende Prüfung. Mein einer Koch gab mir eine glatte Eins, Daniel, der inzwischen erfahren hatte, dass ich es mit seiner Frau triebe, gab mir eine drei. So kam ich nur auf eine Gesamtnote von 1,9, die aufgerundet eine Zwei ergibt. Mein ‚Prüfung' war damit dahin. Ich schloss mit ‚Prüfung' ab, war aber trotzdem zufrieden. Meine Gedanken waren sowieso nur bei Nadine, die ich während der Prüfung in der letzten Reihe des Saales bemerkte.

Noch ein einziges Mal trafen wir uns. Wir fielen uns in die Arme und über uns her, Es war der leidenschaftlichste Sex, den ich je hatte. Dann schob sie mir zum Abschied einen kleinen Zettel zu.

Ich trage diesen Zettel auch heute noch, nach über zwanzig Jahren, bei mir. Er ist mein ständiger Begleiter in meiner Geldbörse. Es steht nur ein Satz darauf:

„Ich liebe Dich!"

DIE KÜNSTLERIN

Ich hatte ja schon eine ganze Menge erlebt, das brachten über vier Jahrzehnte Lebenserfahrung einfach so mit sich. Aber wenn ich so zurückdenke, das skurrilste Liebesabenteuer hatte ich während meiner Lehrzeit im ersten Lehrjahr als Koch. Ich muss noch heute lachen, wenn ich daran zurückdenke.

Ich ich machte meine Ausbildung damals in in einem Hotel was ein bekannten Namen trug das bekannteste Hotel in Weimar. Die Gastronomie genoss einen ausgezeichneten Ruf in meinem Fachbereich und ich fühlte mich pudelwohl in der kleinen Stadt, die alle Annehmlichkeiten zu bieten hatte. Während der Kirmes jobbte ich mal hier und mal da. Am Ende des ersten Lehrjahres bekam ich durch Beziehungen eines Freundes einen Job als Zusteller bei der Funkie macht´s Post. Der Job war nicht schlecht bezahlt, wenn man sich überlegte, dass man eigentlich nur einen halben Tag arbeitete, vorausgesetzt, man war schnell und clever genug. Das Ärgerlichste war, dass ich morgens um halb fünf aufstehen musste, um rechtzeitig zur Postverteilung im Amt zu sein. Dann um sieben Uhr schwärmten wir aus und begannen unsere Tour. Die ersten Wochen hatte ich es nicht so gut getroffen. Ich hatte einen Bezirk.wo Nur Arbeitslose, Asoziale und Kriminelle ein Ghetto Viertel. Die Betonburgen kotzten mich schon am frühen Morgen an. Aber ich versichere aus eigener Erfahrung, jedes dumme Klischee, das man sich erzählte entspricht tatsächlich der Wahrheit. Ich stolperte in den Hausfluren über Drogenabhängige, zahlte an 20% der Bewohner die monatliche Stütze aus und verteilte Urkunden von Gerichten, wie andere Mitmenschen Pizza Werbung im Briefkasten vorfanden. Eines morgens warf sich mir in irgendeinem dieser Wohnhäuser eine nackte durchgeknallte Frau an den Hals, bettelte, dass ich ihr die Stütze vom nächsten Monat auszahlen möchte, sonst würde sie von ihrem Macker, wie sie den Typen nannte, der kurz danach in der Unterhose im Hausflur erschien, fürchterlich verprügelt werden. Der verblödete Kleiderschrank drohte mir kurz und knallte dann der Nackten links und rechts eine rein. Ich sah zu, dass ich wegkam. In einem anderen Haus waren die Wohnungstüren teilweise aus den Türrahmen gerissen worden und rauchten als Überbleibsel eines Feuers in der Diele der dahinter liegenden Wohnung vor sich hin. Die Leute, die diese Höhle bewohnten, hatte man wahrscheinlich mit der Banane aus dem Urwald gelockt. Wenn ich es nicht mit eigenen Augen gesehen hätte, ich hätte es nicht geglaubt.

Doch dann wendete sich das Blatt. Im dritten Monat bekam ich als Springer einen Bezirk an der Ilm zugewiesen. kleine Einfamilienhäuser, manchmal ein Bau mit Eigentumswohnungen dazwischen. Der Kollege, der standardmäßig die Tour bediente war auf der Entziehungskur. Er war mir schon zuvor aufgefallen. War schon morgens um sechs sternhagelvoll.

Welch ein Segen, was für eine Erholung! Die Tour war grandios. Selbst das Haus eines bekannten Regisseurs oder norddeutschen Barden lagen auf dieser Tour. Ein ganz anderes Publikum!

Doch dann kam dieser bewusste Freitag, den ich nie wieder in meinem Leben vergessen würde. Ich hatte gut die Hälfte meiner Tour abgerissen, als ich, so ziemlich auf der Mitte zwischen Oberweimar und Luxusviertel, an der Tür des kleinen, gepflegten Hauses klingelte. Im Gegensatz zu dem Haus war allerdings der Garten ziemlich verwildert, ich musste mir vorsichtig einen Weg zwischen den Rosenstöcken bahnen.

Die Tür wurde aufgerissen und eine Frau, Mitte dreißig fauchte mich unbeherrscht an. „Was?!“ Ich sah sie an. „Ein Einschreiben, bitte hier unterschreiben“ sagte ich emotionslos, auf den Zettel deutend. Mich konnte fast nichts mehr überraschen.

Die Frau brummte etwas. Ich hielt ihr den weiß rot Funkie macht´s Post-Kugelschreiber entgegen. Sie kritzelte etwas auf den Zettel und ich gab ihr den braunen Umschlag. Knall! Die Tür war zu. Blöde Kuh, dachte ich nur und machte weiterhin meine Runde. Am nächsten Tag hatte ich ein weiteres Einscheiben für besagte blöde Kuh. Ich läutete wieder und die fast identische Vorstellung des Vortages begann abzuspulen. Und so ging es jeden Tag. Sie bekam Einschreiben von überall auf der Welt ins Haus geschickt. Es gab Momente, an denen ich mich fragte, wer dieser Kuh so wichtige Post schreiben könnte, doch ich drängte die Gedanken schnell beiseite.

Nach zwei Wochen, die Kuh hatte sich an meinen alltäglichen Anblick gewöhnt, und ich mich an ihren, traf ich sie überraschenderweise in dem kleinen Garten vor ihrem Haus an. Sie saß auf der Bank und ließ sich von der Sonne beschienen.

„Ah, wen haben wir denn da?" rief sie, als ich mit einem erneuten Einschreiben auf sie zutrat. „Der junge Mann von der Post. Tritt näher, tritt näher!" Sie wedelte wie eine Marionette mit der Hand. Die Alte musste echt einen an der Waffel haben, dachte ich mir.

„Ach, ist das schön! Diese Farben! Unglaublich, oder?" Sie sah mich an. Ich nickte. „Ja, ganz toll!"

Dann, urplötzlich stieß sie einen spitzen Schrei aus. „Halt, nicht mehr bewegen!" rief sie in meine Richtung. Abrupt hielt ich inne, sah hinab. War da vielleicht ein Hundehaufen? Nichts dergleichen. Ich sah sie an. Sie gestikulierte wild.

„Stehenbleiben! Stehenbleiben! Ja nicht bewegen!"

Sie verschwand im Haus, kam kurz danach mit einem Zeichenblock wieder heraus. Ich hatte mich nicht bewegt. Was passierte hier eigentlich? Sie musterte mich, kritzelte auf dem Block herum.

„Oh, wie genial!" hörte ich sie selber zu sich sagen. Du meine Güte! Die Tante war ja völlig weggetreten! Trotzdem blieb ich reglos stehen. Irgendwie interessierte es mich, was passieren würde. Nach etwa einer halben Stunde stürmte sie mit ihrem Block ins Haus, knallte die Tür auf gewohnte Art zu und war verschwunden. Erst nach einigen weiteren Atemzügen bewegte ich mich. Ich schüttelte den Kopf und vollendete meine Tour an diesem Morgen.

Am nächsten Tag, es war etwas später als üblich, da ich in dem Seniorenheim aufgehalten worden war, betrat ich wieder den verwilderten Garten. Die Verrückte hüpfte ganz aufgeregt vor ihrer Eingangstür auf und ab.

„Da bist Du ja endlich!" begrüßte sie mich. Ich blieb leicht verdutzt stehen. Das Einschreiben in meiner Hand sackte mit meinem Arm herab. „Komm! Komm!" Sie griff nach meinem Arm und zerrte mich in das Innere des Hauses. In der engen Diele fiel mir zuerst am Garderobenständer die grobe Jacke auf. Sie sah so aus, als hätte man einen Bären frisch gehäutet. Überall lagen irgendwelche Schuhe – hässliche Schuhe! – herum. Die Möbel schienen aus dem letzten Jahrhundert zu stammen. Sie zog mich weiter. Ich trat in einen Raum, der die ganze Länge und Breite des Hauses im Erdgeschoss einnahm. Und ich blieb staunend und verdutzt stehen. Die Szene, die sich mir bot, hatte ich mir in meinen kühnsten Träumen nicht ausgemalt. Überall stapelten sich mit surrealen

Szenen bemalte Leinwände. In der Mitte des Raumes, beleuchtet durch die drei Fenster standen vier Staffeleien mit verschiedenen großen Leinwänden herum. Die Bilder darauf waren alle in einem mehr oder weniger fortgeschrittenen Stadium. Es roch nach Farbe und Terpentin. Und dann entdeckte ich den Zeichenblock, auf dem grob mit Kohle mein Ebenbild mir entgegenblickte. Ich blieb stehen. Es war fantastisch! Ich sah mir selber in die Augen. Obwohl die Striche nur angedeutet waren, erkannte ich mich sofort. Es war die Zeichnung vom Vortag. Und sie war wirklich genial!

Ich sah mich staunend um, wie ein kleines Kind, das seinen ersten Weihnachtsbaum zu sehen bekam. Das hatte ich nicht erwartet.

Die Verrückte eilte zu einer der Staffeleien, riss die Leinwand ungeduldig herunter und legte einen neuen bespannten Keilrahmen darauf.

„Worauf wartest Du?" rief sie mir zu. „Bitte?" ich verstand nicht. Ungeduldig mit den Händen wedelnd zeigte sie auf ein kleines Podest aus Holz. „Nun mach schon!" Ich verstand immer noch nicht. Sie wurde langsam ungehalten. „Du bist so schwer von Begriff! Nun mach schon, steig auf das Podest!" Und jetzt dämmerte es mir. Ich sollte ihr Modell stehen. Oh, nein! Ohne mich! Ich hob abwehrend die Hände, lächelte sie an. „Nein, das geht nicht! Ich muss noch arbeiten!"

Sie sah mich verständnislos an. Die nächsten zehn Minuten verbrachte ich damit, ihr zu erklären, dass ich noch einen Job hatte und erst am Mittag fertig sein würde. Das war das Stichwort, das war mein Fehler. Sie sah auf einen altmodischen Wecker.

„Gut, gut!" sie brummte etwas in sich hinein. „Ich warte auf Dich!" Mir wurde bewusst, dass ich soeben eine Verabredung zum Modellstehen eingegangen war. Ich Blödmann!

Sie kritzelte wie üblich ihren Namenszug auf das Papier und ließ mich ziehen.

Ich setzte meine Tour fort, konnte allerdings nur noch an die Verrückte Kuh denken. Ich würde einfach nicht hingehen! Nein, das konnte ich nicht machen. Nun, ich würde hingehen und mich entschuldigen, sollte sie sich doch ein anderes Opfer suchen.

Mir gingen die verschiedensten Gedanken durch den Kopf. Ich beendete meine Tour, kehrte ins Postamt zurück, ergab mich den üblichen Formalitäten und stand dann unschlüssig im Sonnenlicht.

Ach, scheiß drauf. Ich ging in Richtung Ilm, und eine halbe Stunde später stand ich vor der verschlossenen Tür des Hauses der Verrückten. Ich klingelte. Nichts rührte sich. Ich klopfte gegen die Tür. Immer noch Stille. Ich wandte mich um, bahnte mir den Weg durch den Urwald. Da rief mich eine Stimme zurück.

„Nicht so schnell! Komm! Ich bin ja schon da!“ Ich drehte auf dem Absatz um, kehrte zum Haus zurück. Sie ließ mich ein und ich trat wieder in ihr Atelier. Ich zog die Windjacke aus schritt in Richtung des Podestes.

„Ja, so ist gut!“ jauchzte die Verrückte. Ich stieg auf das hölzerne Podest, wandte mich ihr zu und stand ganz still.

Sie sah mich an. „Nein! Nein! Nein! Das geht gar nicht!“ Ich sah sie fragend an. „Du stehst da herum, wie eine Bockwurst! Schrecklich!“ kreischte sie. Ich breitete die Arme etwas hilflos aus. „Und, was soll ich machen? Ich habe keine Ahnung!“

Sie schlug die Hände vor das Gesicht. „Wie furchtbar!“ hörte ich sie rufen. Dann sah sie mich an. „Los, zieh’ Dich aus!“

„Bitte?“ Ich sah sie etwas verständnislos an.

„Du sollst Dich ausziehen! Ich kann Dich doch nicht SOOO malen!“ Sie griff nach Pinseln und einer neuen Leinwand, schien mich bereits vergessen zu haben.

Ich fing an, mich leicht unbehaglich zu fühlen. Das hatte sie nicht erwähnt, das ich hier nackt posieren sollte.

„Worauf wartest Du?" rief ihre Stimme von der Staffelei herüber. Ich schluckte und dann begann ich mich auszukleiden. Ich stand schließlich nackt vor ihr. Doch das Peinlichste war die gewaltige Erektion, die ich hatte. Mein Stange mit der entblößten Eichel zeigte wie ein Speer auf sie. Sie sah mich an. Dann schlug sie die Hände zusammen, faltete sie wie im Gebet.

„Mein Gott, ein Zauberstab!" stieß sie hervor. Sie eilte hinter ihre Leinwand, tupfte den Pinsel auf die Palette und schmierte über die Leinwand. Ich stand dort oben, nackt, mit erigiertem Penis und sah verschämt an die Decke.

Nach endlosen Momenten kam sie hinter der Staffelei hervor. „Das Licht ist heute nicht mehr gut genug. Du kommst doch morgen wieder, oder?" Ich nickte. Dann zog ich mich schnell wieder an und verschwand.

Am nächsten Tag nach der Arbeit ging ich wieder zu der Verrückten. Ohne ein Wort deutete sie auf das Podest. Ich entkleidete mich und bekam sofort wieder eine Erektion in der Gegenwart einer Frau. Sie jauchzte auf und verschwand hinter der Staffelei. So stand ich ihr die nächsten drei Tage Modell. Dann, ich stand wieder nackt auf dem Podest, hing mein Lümmel schlaff herunter. Sie sah mich an.

„Was ist los?" fragte sie. Ich zuckte die Schultern.

Es war die Gewohnheit. Mittlerweile war es für mich normal vor Katrin, so hieß die Verrückte, nackt zu posieren. Sie kam zu mir herüber, nahm mein Ding in ihre Hand. Sofort schwoll meine Lanze an und richtete sich steil auf.

„Ah, Du brauchst also Stimulation!" Sie malte weiter.

So vergingen die Tage. Ich kam jeden Mittag zu ihr, stand nackt Modell. Sollte es mit meinem Schwengel nicht klappen, so kam sie zu mir. Sie wollte mich nur mit einem Ständer malen. „Du bist doch mein Seepferdchen!" rief sie immer wieder. Es ging soweit, dass sie sich meinen Stange in den Mund stopfte und ihn ordentlich bearbeitete. Doch am Ende der zweiten Woche half auch das nichts mehr. Katrin sah mich, während sie, meinen Stange im Mund mich ansah. Dann stand sie auf und begann sich zu entkleiden. Sie legte die Weste ab, schnürte sich das weite Leibchen auf und entblößte beim Ausziehen zwei wohlgeformte spitze Brüste. Sie griff hinter sich, ließ den Rock fallen und stieg aus dem Rock, das sie für eine Unterhose hielt. Danach rollte sie die dunklen, wollenen Strümpfe herunter, schlüpfte heraus. Sie stand jetzt ebenfalls nackt vor mir.

Katrin war schlank. Ihre blonde Mähne hatte sie zu einer glatten Pagenfrisur schneiden lassen. Ihre Lippen waren knallrot geschminkt. Etwas tiefer sprangen mir ihre spitzen, aber schönen Brüste entgegen. Sie waren fest, steil aufgerichtet. Nein,

Katrin brauchte keinen BH!

Ihr Schoß war behaart. Ein großes Dreieck urwüchsigen Urwalds präsentierte sich meinen Blicken. Unnötig zu sagen, dass ich eine steinharte Stange bekam bei dem Anblick von ihr. Sie eilte hinter ihre Staffelei.

Von diesem Tag an empfing sie mich stets nackt. Sie malte etliche Bilder von mir. Einige durfte ich sehen, andere nicht. Immer wieder malte sie mich, stets mit riesigem, erigiertem Penis.

Es kam mittlerweile soweit, dass ich mich jeden Tag darauf freute Katrin zu besuchen. Eines Tages überraschte sie mich. Sie empfing mich nackt in ihrem Atelier. Sie hatte die Staffeleien beiseite gerückt und auch das Podest zum Posieren war verschwunden. Dafür lag eine große Leinwand ausgebreitet auf dem Boden. Ich zog mich aus. Katrin nahm einen Pinsel und tunkte ihn in einen Eimer mit blauer Farbe. Dann strich sie meinen Körper mit dieser blauen Farbe ein. Ich war über und über mit der Farbe bedeckt, als sie mir befahl, mich auf die Leinwand zu legen und mich hin und her zu rollen. Ich tat, wie sie wollte und rollte auf der Leinwand herum. Schließlich stand ich auf. Sie nahm einen anderen Pinsel, strich irgendwelche Konturen auf die Leinwand. Ich ging in das Badezimmer und duschte ausgiebig. Die blaue Farbe läuft an mir herunter, verschwand im Abfluss der Dusche. Katrin war beschäftigt, in ihrer eigenen, mir unverständlichen Welt. Ich zog

mich an und verschwand. Sie bemerkte es nicht
einmal.

So vergingen die Tage. Dann, nach etwa sechs
Wochen, wollte Katrin etwas Neues ausprobieren.
Sie rührte Gips in einem Schale an. Ich stand
neben ihr, betrachtete sie. Sie wandte sich mir zu.

„Ich möchte einen Abdruck von Deinem Stange
machen.“ Sagte sie, sah mich an. Ich blickte an mir
herunter. Mein Stange hing desinteressiert
herunter. Sie folgte meinem Blick.

„So geht das natürlich nicht.“ Sie kniete sich hin
und nahm meinen Lümmel in den Mund. Sie
lutschte daran, biss vorsichtig in die Eichel, so, wie
ich es gern hatte, aber nichts Nennenswertes
passierte.

Katrin mühte sich redlich ab, doch die Erektion
blieb aus.

Sie stand auf. „Ich will mit Dir schlafen!“ sagte
sie. Das regte meine müden Geister. Ich nahm sie
in meine Arme, küsste sie. Meine Hände fuhren
über ihre Brüste, streichelten sie. Zwischen den
Fingern zwirbelte ich ihre Knospen. Wir sanken zu
Boden. Katrin hockte sich mit weit gespreizten
Schenkeln auf mich. Ich drang in sie ein. Ich sah,
wie mein Stange in ihrem dichten Busch
verschwand. Gleichzeitig verspürte ich die Hitze,
die ihre Muschel verströmte. Ich stieß kräftig zu.
Katrin ritt mich! Es fühlte sich toll an! Ihre harten

Brüste bewegten sich kaum, als sie auf meinem Speer auf und nieder hüpfte. Ich wurde immer geiler, spürte, wie mein Schwanz sich immer weiter aufblähte. Ich spürte die Hitze ihrer Muschel, stieß hinein, immer wieder. Wir begannen beide fast gleichzeitig an zu stöhnen. Dann kreischte Katrin auf und ich schoss ihr meine Sahne tief in den heißen Schlund. Sie sackte auf mir zusammen. Ihre Titten fielen auf mein Gesicht. Ich lutschte gierig an den Brustwarzen, die steinhart waren. Ich befand mich immer noch in ihr. Meine Erektion war nur teilweise zurück gegangen. Ich stieß zu. Und dann noch mal und noch mal. Mein Stange wurde wieder hart, fuhr in ihrer Muschel auf und ab. Katrin richtete sich auf, warf den Kopf nach hinten und begann mich wieder zu reiten. Und noch einmal spritzte ich meine Ladung in sie.

Sie stieg von mir herunter, streichelte meinen Stange. Jetzt waren ihre Bemühungen von Erfolg gekrönt. Mein Stange richtete sich wieder langsam auf. Doch so richtig hart wollte das Gute Stück nicht werden. Katrin zog die Stirn in Falten. Dann nahm sie das Schälchen mit dem Gips, stellte es neben mir ab und setzte sich mit ihrer Muschel auf mein Gesicht. Ihr Muschelsaft tropfte auf meine Lippen. Ich streckte die Zunge heraus, sog den Nektar auf. Dann leckte ich sie. Sie hatte eine hellrosa Spalte zwischen den, dichten Haaren. Ich leckte sie wie ein Verrückter.

Währenddessen gibst sie meinen prallen Stange

mit den Eiern ein. Ich bekam davon nichts mit. Ich leckte ihre Muschel und trank den Saft unserer vorherigen Vereinigung. Es war so was von geil!

Später am Tag, sie nahm die Form vorsichtig auseinander, präsentierte sie mir den Gipsabdruck meines knüppelharten Schwengels.

Nach einem weiteren Monat, in dem wir jeden Tag miteinander schliefen, wurde ich erstens auf eine andere Tour versetzt und Katrin flog für eine Woche nach Kapstadt. Wir sahen uns danach nur noch einige Male. Sie war mit ihrer neuen Ausstellung sehr beschäftigt. Dann, eines Tages, ich stand ihr schon seit ein paar Tagen nicht mehr Modell, schenkte sie mir eine Rolle mit einem Bild. Sie hauchte mir einen Kuss auf.

„Du bist etwas ganz Besonderes!" Damit reichte sie mir die Papprolle. Ich wusste, es war vorbei.

Der Inhalt der Papprolle hängt heute gerahmt in meinem Wohnzimmer. Es ist ein Bild aus Katrins Etrusker-Reihe. Wenn ich den Katalogen Glauben schenken darf, ist es mehrere hunderttausend Euro wert. Das Bild, auf dem ich mich nackt gewälzt habe, hängt mittlerweile in den Museum Tate Britain in London. Es ist fast unbezahlbar. Katrin habe ich nie wieder gesehen.

Aber ich bemerke oft den Blick von weiblichen Gästen, die das Bild bei mir anstarren und verwundert die Augen aufreißen, wenn sie die

Ähnlichkeit zu mir feststellen. Dann muss ich
immer still vor mich hin lächeln.

HAUSFRAU ALLEIN ZU HAUSE

Ein paar Wochen nach meiner 40er Feier musste mein Liebster Christian zu einem Seminar, das eine ganze Woche dauerte. Ich telefonierte zwar jeden Tag mit ihm, aber mir gingen vor allem seine Nähe und Zärtlichkeiten ab. Auch mit Katrin und Nicole telefonierte ich fast jeden Tag und erzählte ihnen meine „Leiden". Als erstes machte ich Hausputz und räumte alles zusammen. Auch die Betten in unserem Schlafgemach, sowie im Gästezimmer und im Wohnwagen wurden neu bezogen. Dabei hatte sich einiges an Wäsche zum waschen angesammelt. Zum Glück war es draußen noch schön und ich konnte alles im Freien trocknen lassen. Mein Schatz hatte mehrere Wäscheleinen gespannt, wo ich alles aufhängen konnte. Dabei lief ich fast immer nur mit einem T-Shirt oder gleich mit dem Nachthemd herum, da mich sowieso niemand sehen konnte. In dem Dreiseitenhof mit dem hohem Einfahrtstor, in dem wir wohnen, konnte man von draußen sowieso nicht sehen, was innen vorging. Ich kam gerade wieder mit einer neuen Ladung nasser Wäsche in den Garten, als vor dem Tor ein Auto stehen blieb und jemand ausstieg. Neugierig wie ich nun einmal bin, ging ich nachschauen. Es war Nicole und Marc, die mich besuchen wollten und mit mir zu plaudern, damit mir nicht zu fade wird. Marc schickten wir zuerst einmal einkaufen, damit wir alleine Plaudern konnten. Hauptsächlich über unsere Feiern und den Zügellosigkeit. Das brachte unser Blut ganz schön in Wallung. Bevor ihr Mann zurückkam, fragte sie, ob ich mich eine Weile mit Marc beschäftige, denn sie würde gerne Mario besuchen, natürlich alleine, denn Katrin ist heute nicht zu Hause und ihr Alter redet sowieso die ganze Zeit von mir. Lachend sagte ich zu und versprach ihn anständig abzulenken, damit sie genügend Zeit für Mario hat. Marc kam bald zurück und stellte den Einkauf auf die Anrichte in der Küche. Ich begann sogleich alles wegzuräumen und musste mich ein paar Mal strecken, wenn ich was in die Hängeschränke hinein stellte. Mario hatte schnell mitgekriegt, das ich unter meinem Pullover nackt war. Nicole fragte ihn ganz unschuldig, ob er gleich mitkommt oder lieber bei mir wartet, während sie noch einen Besuch machen muss. Natürlich blieb er lieber bei mir und so machte sich meine Freundin mit einem Grinsen auf den Weg. Kaum war sie mit dem Auto weg, kam er zu mir, fragte ob er mir helfen kann. Bevor ich noch antworten konnte umarmte er mich von hinten, drehte mich zu ihm um und küsste mich stürmisch. Dabei wanderten eine Hand von ihm sofort zu meinen Schenkel hinunter und begannen diese zu streicheln. Langsam rutschte sie höher, massierte noch meine Pobacken, bevor sie sich unter mein Leibchen stahl und an meiner bereits nassen Scham zu streicheln anfing. Während ich seine Küsse fordernd erwiderte, spreizte ich meine Beine noch etwas, damit er besser an meine Muschel konnte. Seine Finger liebkosten sofort meine Spalte und drangen in mein Paradies ein. Nun spielte auch ich mit, holte ihm den bereits harten Liebesstab aus der Hose und massierte ihn zart mit meinen Fingern. Da konnte er sich nicht mehr halten, packte mich bei den Hüften, setzte mich auf die Anrichte, drängte sich ungeduldig zwischen meine Schenkel und versenkte seinen harten Schaft in meiner Mitte. Er begann gleich mit wilden, schnellen Stößen, aber ich bremste ihn ein und bat ihn, langsamer zu machen, sonst ist er fertig bevor ich richtig in Fahrt komme, wir haben sicher genug Zeit dazu. Brav hielt er sich eine Weile zurück, aber meine enge Scheide und die Freude, dass er endlich wieder mit mir zusammen sein kann, lies ihn dies schnell wieder vergessen und seine Bewegungen wurden wieder schneller. bewusst massierte ich dabei seinen Luststab in meiner Mitte, was ihm natürlich gefiel, aber auch seine Hoden übergehen ließen. Keuchend versenkte er seinen Luststab ganz tief in meiner Scham und verströmte seine Sahne in ihr. Mit entspannter Mine zog er sich zurück und wollte sich von mir trennen. Ich aber umarmte ihn schnell wieder, küsste ihn zärtlich und flüsterte ihm dabei ins Ohr, das er mich mit den Fingern noch weiter liebkosen soll, damit auch ich kommen kann und etwas davon habe. Diesmal bemühte er sich mich richtig zu verwöhnen und war nicht mehr so ungestüm. Unter meinen Anleitungen ließ er seine Finger in meiner Muschel liebevoll tanzen, massierte meine Lustperle zärtlich, sodass es in mir bald heiß aufstieg und mich ein schöner Orgasmus durchschüttelte. Dabei floss mein Muschelsaft, vermischt mit seinem Hoden Saft mit einem Schwall aus der empfindlichen Pforte. Nach einem weiteren Kuss rutschte ich von der Anrichte, auf

der ein kleiner See zurückblieb, denn ich
wegwischte, bevor ich ins Bad waschen ging. Nach
einer gründlichen Reinigung schlüpfte ich wieder
in mein Leibchen und schickte auch ihn, sein
geschrumpftes Liebeszepter ordentlich zu reinigen.
Nun musste ich erst einmal meine Wäsche zum
trocknen an die Leine bringen. Dazu nahm ich ihn
mit in den Garten, damit er mir helfen konnte.
Natürlich erregte ihn mein nackter Po und meine
nackte Scham, die jedes mal unter dem Leibchen
hervorblitzten, wenn ich mich streckte um die
Wäschestücke anzuklammern, schnell wieder. Gott
sei Dank tauchte Nicole in Begleitung von Mario
auf und hielten ihn daher von meinem Körper fern.
Es amüsierten mich zwar seine geilen Blicke, mit
denen er mich verfolgte und seine Beule in der
Hose, aber von ihm hatte ich für diesen Tag genug.
Alle drei fuhren aber bald weg und ich konnte mit
meiner Arbeit weitermachen. Aber nicht lange,
denn meine nächsten treuen Hausfreunde tauchten
auf, nämlich Lothar und Patrick. Mit ihnen setzte
ich mich gleich in den Garten und machten ein
sogenanntes „Kaffeepause". Dabei schilderte ich
ihnen, was ich vorher mit Nicole und ihrem Freund
Marc erlebt hatte. Natürlich hatten sie schon längst
bemerkt, das ich kein Höschen anhatte und Lothar
meinte frech: „Da sollten wir aber sofort
nachschauen, ob Marc mein Mäuschen in seiner
Unbeherrschtheit eh nicht beschädigt hat. Sonst
müssen sie es anständig verarzten". Lachend zog er
mich hoch, küsste mich liebevoll und legte mich
mit den Worten: „Keine Angst, wir tun dir nicht
weh, wir werden ganz lieb dabei sein", gleich auf

den Gartentisch, auf den Patrick schnell eine
Decke ausgebreitet hatte. Dann schob er mein
Leibchen hoch und spreizte meine Schenkel,
beugte sich hinunter und drückte einen zärtlichen
Kuss auf das nackt vor ihm liegende Paradies.
Dann ließ er seinen Lippen und seine Zunge über
das immer nasser werdende Lustzentrum tanzen,
saugte an meiner immer empfindlicher werdende
Perle und bohrte schließlich seine Zungenspitze in
das kleine Loch. Das war Zuviel des Guten und ich
stieß einen leisen Lustschrei aus, als eine gewaltige
Hitzewelle durch meinen Unterleib raste und mein
Muschel zur Lustquelle machte, denn ein kleines
Bächlein aus Liebessaft begann heraus zu laufen.
Genussvoll leckte er alles weg und sagte dann zu
Patrick: „Gut das wir nachgeschaut haben, denn du
brauchst unbedingt eine Medizin für dein
Mäuschen". Zum Glück habe ich meine Spritze mit
und kann dein krankes Kätzchen behandeln. Im Nu
hatte er seine Naturspritze aus seinem engen
Gefängnis befreit und drückte sie vorsichtig in die
empfindliche Öffnung. Anfangs mit langsamen,
aber bald immer schneller werdenden Stößen trieb
er mir schnell wieder einen Hitzeschwall durch
meinen Unterleib, drang noch einmal ganz tief ein
und verströmte wimmernd seine „Medizin" in
meiner überlaufenden Maus. Auch ich musste laut
aufstöhnen, als ich das Nass in mich fließen spürte.
Als sich sein zuckender Wonnespender beruhigt
hatte, zog er sich zurück, gab mir einen
Zungenkuss und sagte mit gespieltem Ernst: „Bleib
noch etwas liegen, den meine Medizin war bei der
Schwere der Krankheit sicher zu wenig. Da muss

auch Bernd mit seiner Spritze ran, damit du wieder ganz gesund wirst". Lachend machte er diesem Platz und Patrick nahm sofort seinen Platz ein. Mühelos konnte dieser mit seiner Naturspritze in das überlaufende Paradies eindringen. Während mich mit seinen Zauberstab „behandelte", sich meine Beine noch auf die Schulter legte, damit er noch viel tiefer in mich eindringen konnte, küsste und streichelte mich Lothar zärtlich am Busen und besonders an meinen dunkelroten Brustwarzen. Mir wurde immer heißer und dann überrollte mich ein so heftiger Wonneschauer, das ich lustvoll wimmernd mit meiner Muschel Patrick Stange krampfartig melkte und ihm dadurch seine Sahne aus den Hoden trieb. Mit einem Aufstöhnen verströmte er seine „Medizin" in meine vibrierende Lustspalte. Ich hielt seinen wild zuckenden Schaft fest umschlungen, damit ja kein Tropfen verloren geht. Erst als sich unsere aufgeputschten Körper wieder beruhigt hatten, zog ich seinen Kopf zu mir herunter und küsste ihn. Dann lies ich ihn von mir weg und setzte mich auf. Lothar stand lächelnd neben mir, hielt mich umarmt und fragte mich schelmisch: „Na wie geht es dir jetzt, hat es gut getan"? Noch immer etwas wackelig, aber zufrieden antwortete ich ihm: „das hat richtig gut getan und war jetzt auch schon notwendig. So eine tolle Behandlung könnte ich öfters vertragen, vielleicht brauche ich auch etwas für meinen Magen, ich glaube der ist noch etwas krank. Gut das ich so tolle Hausfreunde habe, die auf mich schauen, damit ich nicht zu krank werde". Patrick strahlte mich dabei an und versprach, nach einer ordentlichen Dusche und einer kleinen Stärkung wird sich das sicher machen lassen. Auch Lothar pflichtete ihm sofort bei und küsste mich schnell noch einmal liebevoll, bevor er mit Patrick im Bad verschwand. Nach ihnen ging auch ich schnell waschen und mich umziehen, denn ich wollte ein wenig spazieren gehen, um mich noch etwas zu erholen. Auch den Beiden wird es gut tun. Nach einem Gläschen Wein und ein paar Brötchen erklärte ich ihnen, das ich noch gerne ein wenig Bewegung machen wollte und sie mich begleiten sollen. Unterwegs umarmten sie mich abwechselnd, küssten mich liebevoll, wenn wir wo wegen meines kleinen Hundes stehenbleiben mussten. Ich steuerte ein etwas abgelegenes, verstecktes Parkbank an, das auch die Jugend am Abend gerne als Treffpunkt benutzten. Tagsüber kam hier fast nie jemand vorbei. Ich setzte mich hin und lies meine beiden Begleiter sich neben mir Platz nehmen. Bis dahin hatten sie noch nicht bemerkt, das ich unter meinem Rock nackt war, denn das Höschen hatte ich absichtlich zu Hause gelassen. Erst als ich mein Hündchen auf den Boden stellte und mich dabei bückte, entdeckten sie es. Da ich vor ihnen gebückt stand waren gleich ihre Hände an meinen Schenkel und streichelten sie zärtlich. Langsam wanderten sie hoch, bis sie meine Scham erreicht hatten. Lothar machte sich über meine Muschel her und liebkoste sie mit seinen Fingern. Genussvoll massierte er meine kleine Öffnung, steckte einen Finger hinein und mit dem Daumen massierte er liebevoll meine Perle, die immer mehr anschwoll und empfindlicher wurde. Patrick machte sich an meinem Anus zu schaffen. Zuerst massierte er den engen Eingang, dann machte er einen Finger in meiner überlaufenden Muschel nass und steckte ihn schließlich mit kleinen Bewegungen in das kleine Löchlein. Das war ein so tolles Gefühl, das meine Knie zu zittern anfingen und nachgaben, als ein Lustschauer durch meinen aufgeheizten Körper raste. Lothar fing mich aber ab, hob mein Rock hoch, zerrte mich auf seinen Schoß und ließ mich auf seinem riesigen Stab Platz nehmen. Immer tiefer ließ ich mich darauf niedersinken und begann mich automatisch langsam zu Bewegen, während er meine Brüste mit seinen zärtlichen Händen massierte. Dabei musste ich immer lustvoller Stöhnen und Patrick holte ebenfalls seinen Liebespfahl aus der Hose, den er mir zwischen die halbgeöffneten Lippen schob. Wie in Dämmerzustand begann ich daran zu lutschen und mit einer Hand seinen Schaft zu streicheln. Nach einem langen, wunderschönem Liebesakt wurden meine Bewegungen schneller und auch Lothar wimmern lauter. Mit ein lauten „Gestöhne" ergoss er sich in meiner Lustgrotte und ich melkte ihm noch zusätzlich mit meiner Muschel den wild zuckenden Schaft. So blieb ich auch auf ihm sitzen um mich nun intensiver mit Patrick Zauberstab zu beschäftigen. Auch dieser schwoll noch etwas an und schon schossen die ersten seines köstlichen Liebessaft aus der großen Eichel. Schwall um Schwall strömten in meine Mundhöhle und ich musste mehrmals schlucken, um nichts von der „Medizin" zu vergeuden. Nachdem ich die rote zuckende Spitze sauber gelegt hatte, drückte ich noch einen dicken Kuss darauf, bevor ich sie los lies und von Lothar leicht geschrumpften Penis stieg. Auch ihm drückte ich einen festen Kuss auf die rote Knolle. Dann hockte ich mich schnell neben der Bank nieder und ließ einen Großteil von Lothar weißen Saftes ins Gras tropfen, sonst würde mir dieser auf dem Nachhauseweg an den Schenkel innen hinab laufen. Musste ja nicht jeder sehen, was wir hier getrieben haben, wenn wir wieder in die Nähe unseres Hauses kamen. Trotzdem musste ich meine Beine eng zusammenhalten, denn Lothar Ladung war nicht ohne. Im Haus verschwand ich schnell im Bad um mich gründlich zu reinigen, bevor ich mich wieder zu meinen lieben Hausfreunden setzte und mit ihnen einen Erfrischungstrunk zu mir zu nehmen. Gegen frühen Abend machten sie sich auf die Heimreise, aber nicht vorher ihre „Hilfe" anzubieten, wenn ich welche brauche. Mit einem liebevollem Kuss lies ich sie beim Tor hinaus und machte es mir dann im Wohnzimmer bequem, wo ich auf meinen Schatz wartete, der übers Wochenende nach Hause kam.

JEDES JA AUF EIN NEUES

Für das Weihnachtsfest hatte ich mir vorgenommen, selbst die die Kekse zu backen. Katrin hatte mir angeboten, dabei zu helfen. Unsere Männer waren zum kosten abkommandiert. Wir suchten uns die Rezepte heraus, schrieben die Zutaten zusammen und fuhren einkaufen. Mario und Christian suchten inzwischen die Bleche zum Backen und die Schüsseln für die Teigmassen zusammen, wie wir ihnen aufgetragen hatten. Als wir wieder zurück waren, zogen Mario und Christian sich ins Wohnzimmer zurück und ließen uns beide allein in der Küche werken, was mir sowieso lieber war, denn sonst wäre uns die Zeit sicher davongelaufen, wie ich sie kannte. Christian versorgte uns zwischendurch mit Drinks und warteten auf die ersten Kekse zum verkosten. Der Ofen im Wohnzimmer spendete Wärme und das Ofenrohr heizte zusätzlich noch die Küche auf, sodass es dort noch wärmer wurde. Mario und Christian saßen bald nur mehr mit Slip und Leibchen da und auch wir Frauen begannen uns auszuziehen, weil uns zu warm wurde. Wir hatten bei unserer Arbeit soviel Spaß und lachten so laut, dass uns die Männer auch ihm Wohnzimmer hörten. Neugierig kamen sie in die Küche, um zu schauen, was uns so amüsiert. Unsere halbnackten Körper, nämlich nur mit Slip und einer Schürze bekleidet, brachte sie schnell auf geile Gedanken. Mein Schatz stellte sich hinter mich, umarmte mich von hinten und begann mich zu küssen. Dabei wanderten seine Hände unter meine Schürze und massierte zärtlich meine Brust und spielte mit meinen Brustwarzen, die sich davon aufgestellt hatten. Schließlich konnte er es nicht mehr aushalten, zog mir das Höschen aus, holte sein steifen Krückstock aus der Hose und drückte sie mir von hinten in die bereits nasse Muschel. Genussvoll drang er immer wieder tief in sie ein und explodierte und hat mir vollgesaugt natürlich in positiven Sinne. Er stöhnte lustvoll. Mario hatte seine Katrin gleich auf die Anrichte gesetzt und dort bearbeitet, bis auch er sich in ihr laut wimmernd entleerte. Nach einem zärtlichen Kuss schickte ich beide wieder ins Wohnzimmer zurück, damit wir ungestört weitermachen konnten. Zuerst gingen wir uns noch schnell waschen, denn ihr Saft suchte sich beim stehen sofort den Weg aus der vollge*pritzten Muschel und läuft an den Schenkel hinunter. Unsere Männer fragten uns öfters verschämt, ob sie schon wieder löschen kommen sollen, damit wir vor innerer Hitze nicht umkommen. Ich aber wollte erst einmal weitermachen. Katrin und ich hatten unsere Höschen gleich ausgezogen lassen und als die erste Kekse fertig hatten, riefen wir die Männer zur Kostprobe in die Küche. Der Anblick unserer nackten Hinterteile lies ihren Feuerwehrschlauch schnell wieder anschwellen. anstatt zu kosten umarmten sie uns und begannen mit uns wieder zu schmusen. Mein Ex Mario schnappte mich, setzte mich auf die Anrichte und bohrte mir seinen Steifen in die glitschige Spalte und begann mich kräftig zu s*oßen. Christian schmuste noch mit seiner Frau, setzte sie aber dann auch auf die

Anrichte neben uns und bohrte ihr seine Stange in die Muschel. Wimmernd genossen wir ihre harten Stöße und bekamen dabei bald unseren ersten Höhepunkt. Meine zuckende Muschel trieb Marios Saft bald aus dem Eiern und er pumpte mir stöhnend alles in die Liebesmuschel. Auch mein Liebster konnte der Muschelmassage von Katrin nicht lange standhalten und schleuderte seinen Liebessaft keuchend in ihre Muschel. Nach einem zärtlichen Kuss trennten wir uns und wir gingen schnell unsere Muscheln waschen, denn der viele Samen sickerte bereits wieder aus unseren Spalten. Nach uns machten auch sie ihre Zauberstäbe sauber. Dann probierten sie die Kostproben, die wirklich gut schmeckten. Wir machten inzwischen weiter, denn es waren noch etliche Sorten zu backen. Am frühen Nachmittag kamen Patrick und Lothar zu Besuch. Durch den Radio und den Lärm des Mixers hatten Katrin und ich das Eintreffen der Beiden nicht gehört und auch Mario und Christian hatten sie nicht bemerkt, da der Fernseher etwas lauter war. Da die Eingangstür nicht abgeschlossen war, niemand ihr läuten gehört hatte, traten sie gleich ein und standen auf einmal im Wohnzimmer. Sie begrüßten unsere Männer mit einem na alles gut bei euch, wollten sich schon zu ihnen setzten, als sie mich und Katrin in der Küche halbnackt backen sahen. Lachend stürzten die beiden Besucher zu uns in die Küche, umarmten uns und küssten uns stürmisch. Dabei gingen ihre Hände gleich auf unseren nackten Körpern auf Wanderschaft. Wir aber schickten sie zurück zu Christian und meinen Schatz ins Wohnzimmer, damit wir unsere Arbeit fertigmachen konnten, die wir gerade begonnen hatten. Die Hitze trieb auch Lothar und Patrick die Kleider vom Körper und sie saßen nun ebenfalls nur mit der Unterhose auf dem Sofa Wir holten die letzten Bleche mit den Keksen aus dem Backofen und gingen dann auch zu ihnen ins Wohnzimmer, jede mit einem Teller mit Kostproben. Ich setzte sich gleich auf den Schoß von Lothar und fütterte ihn mit ein paar Keksen. Katrin machte dasselbe bei Patrick. Beide waren vom Anblick unserer nackten Körper so aufgegeilt, das sie bald riesige Beulen in ihren Unterhosen bekamen. Katrin holte Patrick Steifen aus der Hose und setzte sich schnell auf diese. Langsam ließ sie sich darauf niedersinken und begann darauf zu reiten. Auch ich hatte mich auf Lothar harter Lanze aufgespießt und ritt genussvoll darauf. Die zwei Männer spielten dabei mit unseren schaukelnden Wonnehügeln und massierten zärtlich die geschwollenen Brustwarzen. Dieser Anblick ließ auch die schlaffe Stangen von unseren Ehemännern wieder anschwellen. Lothar stöhnte bald auf und überschwemmte meine Muschel mit seinem liebes Nektar. Neben uns pumpte auch Patrick seine Sahne bald in Katrins Grotte. Als sich ihre steifen Stangen wieder beruhigt hatten und leicht geschrumpft aus den voll ge*pritztenen Lustlöchern flutschten, küssten wir unsere Liebhaber, standen auf und gingen zu Mario und Christian. Ich setzte mich gleich auf die Stange von Christian und ritt in den Sonnenuntergang. Katrin spießte sich auf die harte Stange ihres Mannes auf und genoss lustvoll stöhnend seinen

Harten in ihrer vollge*pritzten Muschel. Lustvoll wimmernd massierte ich seinen Schaft dabei mit meiner Muschel und trieb ihm schnell wieder den Saft aus den Eiern. Mit einem Schrei schoss er mir seine Ladung tief in die zuckende Grotte. Während wir unseren Höhepunkt genossen, beobachteten wir Mario und Katrin beim Liebesspiel. Auch er war bald soweit und schleuderte keuchend seinen Samen in ihre zuckenden Spalte. Nun war etwas Pause angesagt, denn die Lustspender der Männer hingen schlaff zwischen ihren Beinen und aus unseren Liebeshöhlen der Lust, das sie uns hin giebig verwöhnt hatten. Bevor wir weitermachten, war erst einmal waschen angesagt. Wieder frisch und munter, setzten wir uns wieder im Wohnzimmer zusammen und genehmigten uns einen kühlen Drink. Unsere geile Unterhaltung brachte bald wieder Leben in die Lustwerkzeugen der Männer. Ich kniete mich zwischen die Beine von Patrick und nahm seinen steifen Stängel in den Mund und lutschte zärtlich daran. Während er meine weichen Lippen an seiner Eichel genoss, lehnte er sich lustvoll stöhnend zurück. Lothar war aufgestanden und hatte sich hinter mich gekniet und schob mir seinen harten Prügel in die geschwollene Lustfurche und bumste mich mit kräftigen Stößen. Katrin kniete bei meinem Mann und lutschte an seiner Stange, während Mario seinen gefüllten Feuerwehrschlauch in ihre Grotte versenkte und sie kraftvoll durch bumste. Meine zärtlichen Lippen und meine Hände, die Patricks Eier liebevoll massierten, ließen er diese bald überlaufen. er spritzte mir alles in den Mund und ich schluckte brav alles hinunter. Dann leckte ich noch die zuckende Eichel sauber und drückte einen dicken Kuss darauf. Inzwischen stöhnte auch Lothar auf und überschwemmte meine Muschel mit seiner weißen Saft. Am anderen Ende des Sofas gab Christian Katrin gerade seinen Liebessaft zu trinken und ihr Mann füllte ihre Muschel mit seiner Sahne Ladung. Nun hatten wir genug und gingen uns wieder waschen und zogen uns etwas an. Patrick und Lothar verabschiedeten sich müde und fuhren weg. Mario und Katrin halfen uns noch die Küche sauber machen. Nach einem letzten Schluck Wein fuhren sie auch nach Hause. Mit einem letzten zärtlichen Kuss schliefen auch mein Liebster und ich ein.

MAL WIEDER STURMFREIE BUDE

Nach einem schönen, heißen Wochenende mit meinem Liebsten war ich wieder alleine. Aber nicht allzu lange, denn schon am Montag Mittag tauchte, mein Ex-Mario auf, den seine Frau Katrin ebenfalls auf einem Kursbesuch ist. Ich hatte nach dem anstrengendem Wochenende länger geschlafen, um mich ordentlich zu erholen und so erwischte er mich noch im T-Shirt. Kaum hatte ich das Tor geschlossen, fing er mich ab, umarmte mich fest und küsste mich wild und fordernd. Grinsend flüsterte er mir zwischen den heißen Küssen ins Ohr: „Das ist ein geiler Empfang, da komm ich dich öfters besuchen". Dabei wanderten seine Hände gleich über meinen Rücken zu meinem Po hinunter, zogen das T-Shirt hoch und massierten dann meine Backen liebevoll. Da er mich dabei fest an sich drückte, konnte ich spüren wie sein Lümmel immer härter wurde und an meine Scham drückte. Lachend sagte ich in meiner pause zu ihm: „Na, dein Kleiner ist aber jetzt auch wach geworden, wie ich spüren kann". Nun zerrte er mich ungeduldig in die Küche, setzte mich gleich dort auf den Tisch und drängte sich zwischen meine Schenkel, die ich bereitwillig öffnete, denn ich war nun auch schon ziemlich aufgewühlt. Bevor er sich ohne Rücksicht in meine Muschel versenkt und los rammelt, bat ich ihn zuerst das Luxus Gericht mit seiner Zunge zu verwöhnen, damit sie schön glitschig wird und seinen Kleinen leichter aufnehmen kann. Wie gewünscht von mir beugte er sich hinunter und begann meine Lustzone mit seinen Lippen und seiner Zunge zu liebkosen, ließ die Zungenspitze immer wieder durch meine rosa Spalte gleiten und auf meiner Perle tanzen, die langsam anschwoll und bald dunkelrot hervorlugte. Als er dann noch mein kleines Löchlein dahinter mit seinem Finger massierte kam es mir schnell so heftig, das ein kleiner Schwall Muschelsaft aus meiner Lusthöhle heraus lief, über meinen Anus ran und auf den Tisch tropfte. flehend bat ich ihn nun mein Muschel zu stopfen und ordentlich mit seinem harten Stab zu verwöhnen. Das ließ er sich nicht noch einmal sagen, stopfte seinen Harten beim ersten Ansatz gleich ganz tief in mich hinein und fing mich kräftig zu stoßen an. Wie immer bei ihm, war es schnell vorbei, noch ein paar kräftige, tiefe Stöße und er bäumte sich keuchend und s*ritzte los. Seine Bratwurst schrumpfte dann schnell und flutschte aus meiner Spalte. Während er sich anzog ging ich mich waschen und als er weg war, überlegte ich, wenn ich anrufen könnte, denn das Stehvermögen mit Mario war hatte mich nicht überzeugt. Ich machte noch den Tisch sauber, räumte alles zusammen, damit für Überraschungsgäste alles in Ordnung ist, falls welche auftauchen. Während ich noch aufgeräumt hatte, läutete das Telefon. Neugierig hob ich ab und hörte mit Freude Sven Stimme. Er fragte mich wie es mir geht, vor allem als Strohwitwe. Übermütig erzählte ich ihm vom enttäuschenden Besuch Marios und das ich schon überlegt hatte, wenn ich einladen könnte, um meine Enttäuschung zu stillen. Ich konnte seine Freude in der Stimme heraushören, als er mir versprach seine Kumpels zu fragen, ob sie mit ihm mitkommen. Schnell machte ich mich fertig, ging mich frisch Duschen und schminke mich, damit ich den Dreien wieder gefalle. Danach zog ich mir noch ein etwas längeres Kleid an in durchsichtigen Rot an und wartete sehnsüchtig auf meine treuen Hausfreunde. Es dauerte auch nicht allzu lange, denn sie beeilten sich, um mich „trösten" zu können. Ich hatte das Tor schon aufgesperrt, damit sie gleich herein konnten. Deshalb empfing ich sie in der Küche mit einem Glas Wein. Zuerst begrüßten sie mich nacheinander mit einem heißen Kuss. Bei einem Glas Wein feierten wir unser Wiedersehen, so als hätten wir uns Jahre nicht gesehen. Nebenbei erzählte ich ihnen vom Besuch Andreas und Christopher, sowie vom enttäuschenden Besuch Marios. Grinsend meinte Andreas, diese blöde Stimmung werden sie mir schnell austreiben, kam schnell zu mir und zog mich in seine Arme. Während er mich stürmisch küsste, war eine Hand schon auf den Weg in meinen nassen Schoß, wo seine Finger ein Feuer entfachten das schnellstens gelöscht werden musste. Deshalb drückte ich ihn gleich auf das Sofa, holte ungeduldig seinen Lustspender aus dem engen Kerker und setzte mich auf die harte Stange. Mein Unterleib bewegte sich von selbst und massierte seinen Schaft ganz kräftig. Jaaaa, war das angenehm. Endlich wieder was ordentliches in meiner Muschel zu haben machte mich dann wieder etwas ruhiger und ich ritt genussvoll darauf, bis er Lustvoll aufstöhnte und meine Grotte mit seiner heißen Sahne überschwemmte. Liebevoll melkte ich den zuckenden Schaft leer und stieg nach einem langen, innigen guss von ihm, um mich aber gleich wieder auf Sven Riesen aufzuspießen und gleich weiter zu machen. Diesmal trieb es auch mir einen gewaltigen Lustschauer durch den Unterleib und ich war voller Lust ununterbrochen vor Erregung. Dabei massierte ich seine riesigen Zauberstab bis sie sich spannten und ihren Inhalt frei gaben. Hektisch keuchend ergoss Sven sich in meiner vibrierenden Muschel nach einiger zeit und dar weiße Lustsaft sickerte zwischen seinem zuckenden Schaft und meiner weit gedehnten Muschel wieder heraus. Erst jetzt war mein Lustfeuer halbwegs gelöscht. Nun stand nur mehr Christopher mit einem steinharten Zauberstab da und wartete ungeduldig das er endlich drankommt. Diesmal wollte ich aber etwas für meinen Mund und Magen haben und schob mir sein erigierte reisen Gurke schnell zwischen die Lippen. Zärtlich lutschte und saugte ich an seiner Eichel und spielte liebevoll mit seinen Glocken. Das hielt er aber nicht lange durch, denn schon bald wurde sein Atem schneller und dann schoss auch schon sein köstliches Nektar in meinen Hals. Gurgelnd schluckte ich alles, leckte ihm dann zärtlich die zuckende Spitze sauber und drücke ihm einen dicken Kuss darauf. Da mein größter Lusthunger erst mal gestillt war, ging ich meine Muschel entleeren und gründlich säubern, denn ich wollte auch noch ihre flinken Zungen in meinem Schoß spüren, was ich ihnen unverblümt auch sagte.

Lächelnd antwortete Sven mir, das sie aber schon ein bisschen Zeit brauchen, denn bis alle Drei sich mit meiner Muschel ausgetobt haben, dauert es. Übermütig erklärte ich ihnen, dass sie ja bei mir schlafen können, da mein Schatz ja erst am Wochenende wieder kommt und sein Platz im Bett daher sowieso frei ist. Der Gedanke, die ganze Nacht mit mir verbringen zu können, ließ ihre Feuerwehrschläuche gleich wieder anschwellen. Bevor sie sich über mich hermachen konnten, schickte ich sie zuerst ins Bad, denn ich wollte sie mit meinen Lippen verwöhnen, während sie an meiner Muschel spielten. Alle drei verschwanden blitzschnell im Bad, duschten und folgten mir mit glücklichem Gesicht ins Schlafzimmer, dass ich inzwischen schon vorbereitet hatte. Am frisch gemachten Spielplatz liegend empfing ich die drei in einem , Hauch von Nichts. Während Sven sich gleich zwischen meine gespreizten Schenkel beugte, seine Zunge über die nasse Spalte tanzen ließ, die er mit seinen Fingern auseinanderzog, damit er alles sehen konnte, machten sich Andreas und Christopher über meine Brust her. Liebevoll kneteten sie die Wonnehügel und saugten einmal fest und dann wieder zart an den Brustwarzen, die sich dabei aufstellten, ganz hart und dunkelrot wurden und mir dabei wollige Schauer über den Rücken jagten. Sven ließ zärtlich seine Zungenspitze über meine Knospe tänzeln und versuchte immer wieder mit der Spitze in mein Paradies einzudringen. Es dauerte nicht lange, da zischte eine Lustwelle durch den Körper und mit einem Schrei entlud sich der erste gewaltige

Höhepunkt mit einem Schwindelgefühl vor meinen Augen. Aus meinem Löchlein spritzte dabei ein Ladung Muschelsaft, denn er gierig aufsaugte. Bevor Sven auf die Idee weiterzumachen drängte Andreas ihn zur Seite und sagte: „Jetzt lass mich ran, denn ich will auch noch kosten“, stürzte sich auf meine Muschel und saugte sich gleich an meinen geschwollenen Lippen fest. Auch er fuhr mit seiner Zunge den glitschigen Spalt entlang und bohrte zwischendurch seine Zungenspitze in mein triefen des nasses Löchlein. Nach einiger Zeit wanderte seine Zunge über meinen Damm und umkreiste meine Rosette so zart, drückte seine Zungenspitze auch in diese Öffnung. Das gab mir zum zweiten mal den Rest. Mit einem Wonneschrei gab ich mich dem wunderbaren Gefühl hin und ließ die Wellen bei geschlossenen Augen über mich rollen. Als diese etwas abgeklunge waren, bat ich Andreas mir nun die Zeit zum Erholen gegeben, denn es war so schön, wieder einmal so hemmungslos verwöhnt worden zu sein. Christopher kniete mit enttäuschtem Gesicht und einer harten Stange neben mir, sodass er mir leid tat und ihn fragte, ob er inzwischen meinen Hintereingang besuchen will, der schon lange nichts mehr abbekommen hat. Seine Stimmung hellte sich sofort auf, nickte erleichtert und behandelte seinen Lustspender mit viel Gel. Auch mein kleines Löchlein machte er damit anständig glitschig. Ich kniete mich brav ins Bett und er durchbohrte vorsichtig meine Rosette. Langsam und mit kleinen Bewegungen versenkte er seinen Zauberstab immer tiefer in meinem Po.

Kaum war er ganz tief in mir, machte ein paar Stöße, da stöhnte er auch schon auf und verströmte keuchend seine Sahne im engen Po. Das Zuschauen vorhin hatte ihn schon so erregt, das alles so schnell ging. Erlöst zog er sich zurück und lies sich neben mich sinken. Ich küsste ihn liebevoll und machte mich auf ins Bad, um mich etwas zu erfrischen, weil ich wusste, das für heute noch nicht Schluss war. Sven und Andreas verabreichten mir noch jeder eine kräftige Füllung, bevor sie ermattet einschliefen und Christopher Lust Kolben saugte ich ebenfalls leer, damit er sicher gut schlafen konnte. Auch ich war so fertig, dass ich gleich mit überquellender Muschel einschlief und mich erst am späten Vormittag waschen konnte. Nach einem ausgiebigen Frühstück machte ich mit meinem Hund eine kleine Runde, wobei mich die drei natürlich begleiteten. Um sie wieder richtig anzuheizen hatte ich wieder meinen kurzen Rock ohne Höschen an, was seine Wirkung nicht verfehlte. Schon beim Spaziergang gab es geile Kommentare und Komplimente. In der Nähe unseres Bank hielt sie nichts mehr. Sven packte mich, zerrte mich in die Wiese und legte mich ins Gras. Dann kniete er sich zwischen meine Beine und versenkte seinen Kopf in meiner Lustwiese. Wie immer machte mich seine Zunge wuschig und heiß und meine Muschel schwamm bald in ihrem Wässerchen, dass er genussvoll wie ein Hund der Durst hat weg leckte. Die beiden Lustspender von Andreas und Christopher verwöhnte ich dabei mit meinen Lippen, bis sie vor Geilheit mich anflehen und mich an bettelten wie ein Sklave ich fühlte mich zumindestens wie seine Herrin, die sie endlich erlösen sollte. Aber ich wollte sie lieber in meiner Muschel spüren und ihre Sahne in meiner Höhle. Nachdem Sven Lippen mich das erste mal erlöst hatten und ich von einer Lustwelle überrollt wurde, zog ich ihn schnell zu mir hoch, küsste ich in und flehte ihn an, mich endlich mit seinem reisen Gurke zu stopfen. Andreas und Christopher passten inzwischen abwechselnd auf, dass niemand kommt und uns stört. Nach der anstrengenden Nacht dauerte es schon einige Zeit, bis Sven schneller zu atmen begann und mich schließlich mit einer gewaltigen Ladung Sahne von meinem „Leiden" erlöste. Keuchend entlud er sich tief in mir, was auch mich sofort noch einmal kommen lies. Er wollte sich auf mich sinken lassen um noch mit mir zu schmusen, aber Andreas zog ihn ungeduldig von mir und warf sich auf mich. Mit einem Stoß war er in mir und rammelte los. Seine wilden, tiefen Stöße leisen mich sofort wieder auf einer Lustwolke schwimmen. Christopher kniete sich zu mir und massierte liebevoll meine Brust, saugte an meinen Brustwarzen, die dunkelrot anliefen und sie standen wie eine Eins. Nach einem ausgiebigen Liebesakt stöhnte Andreas auf und ergoss sich ebenfalls lustvoll in mir. Mit kurzen Stößen pumpte er seine weißes Gold in meine Grotte, die sofort überlief. Als er sich erschöpft zurückzog machte sich Christopher gleich ans Werk. Mit einem „Jaa" versenkte er seinen Luststab in meiner Muschel und F*ckte los. Er war aber so überreizt, das es ihm bald kam und er keuchend seine

Ladung in meiner Grotte verströmte. Nicht nur die drei waren zufrieden, auch ich hatte eine Menge Genuss gehabt und und ich wollte nicht aufstehen aber ich musste es leider. Sofort kamen mir Sven und Andreas zu Hilfe und zogen mich hoch. Mit weichen Knien und überlaufender Muschel schleppte ich mich Richtung Heimat. Abwechselnd stützten mich die wilden Kerle und küssten mich dazwischen immer wieder zärtlich. Dabei schwärmten sie von mir, meiner Geilheit und meiner süßen Muschel. Mein erster Weg führte mich zu Hause ins Bad wo ich mich erst entleerte und dann gründlich wusch. Erst dann gingen auch die Drei ihre Feuerwehrschläuche waschen. Da ich ziemlich fertig war. Die drei verabschiedeten sie sich bald mit heißen Küssen und mit dem versprechen, dass sie sicher bald wieder vorbeischauen werden, denn so eine Geile Braut kann man nicht so schnell vergessen. Als sie weg waren, machte ich es mir auf der Couch bequem und schlief bald selig und ein. Nun hatte ich noch ein paar Tage zeit zum erholen, bevor mein Schatz nach Hause kam und seinen Samenstau bei mir abbaute. Besonders als ich ihm von meinen Erlebnissen während seiner Abwesenheit erzählte, denn es machte ihn erst so richtig wild, bei dem Gedanken an die vielen „fremden" Luststängel, die meine Muschel zu
haben.

ES WAR EIN WUNDER

„Hast du überhaupt zugehört?"
Franziska irritiert an. Sie verdrehte die Augen und schüttelte hilflos den Kopf. Dabei blieb eine Haarsträhne an ihrem Schmollmund haften, die sie aufgebracht versuchte weg pusten. Der junge Mann fand das immer sehr entzückend, deshalb schmunzelte er auch. Und das wiederum machte sie noch wütender.
„Ich weiß, dass Lisa heute Abend zu dir kommt."
Bestätigend nickte Christian. „Ja, das weiß ich auch." Offenbar fand er Gefallen daran, Franziska zur Weißglut zu bringen.
Sie verstand nicht, was an diesem Tag mit ihm los war. Seit Jahren waren die beiden gut befreundet, obwohl sie unterschiedlicher nicht sein konnten: Christian war ein was für ein notgeiler Typ, der die Finger von keinem Rock ließ, er war stets auf der Suche nach den süßesten Frucht, die zwischen heißen Schenkeln schimmerten. Franziska akzeptierte das, genauso wie er ihre Gespräch,das in Gesellschaft nur um der Unterhaltung willen geführt wurde fast prüde Art respektierte. Aber schon seit geraumer Zeit ahnte Christian, was unter den viel zu weiten Klamotten seiner jahrelange Freundin Schonzeit Kindertagen nur darauf wartete, endlich von ihm entdeckt zu werden.
Nun stand sie am Fenster, die Hände in die Hüfte gedrückt und den Blick scheinbar gebannt auf die Straße gerichtet, auf der eigentlich nichts los war. Ungeduldig und erwartungsvoll trat sie von einem Bein auf das andere. Christian saß in seinem Sessel

und genoss den Anblick, der sich ihm bot. Denn ihr in seinen Augen so ein hässlicher cremefarbener Oma Rock wurde von den Sonnenstrahlen durchleuchtet, so konnte er die den Schatten zweier wundervoll geformter Beine betrachten. Sehnsüchtig und voller Tatendrang ruhig atmete Franziska tief ein und erklärte ihm nochmals ihr Anliegen: „Valeria ist meine beste Freundin. Sie hat sich gerade erst von ihrem Freund getrennt, der sie wie ein Stück Dreck behandelt hat. Und wenn du jetzt daher kommst, deinen weltberühmten Charme spielen lässt, um sie in die Kiste zu kriegen und sie dann und sie dann wegschmeißt wie ein benutztesKondom, wie du es mit jeder Frau machst, gibt ihr das den Rest. Sie zerbricht daran. Also bitte ich dich darum, bei Lisa deine aufdringliches raste F*cken sein zu lassen.“ Christian lachte leise. „Es ist schon komisch, wenn du dich auf einmal für mein Liebesleben interessierst.“

Jetzt löste Franziska ihren Blick von der Straße, drehte sich herum und funkelte ihn aus ihren Katzen grünen Augen böse an. Langsam ging sie auf ihn zu, wobei ihre schmale Hüften aufreizend schwangen, wie Christian fand. Sie blieb vor ihm stehen und beugte sich zu ihm herunter, dabei stützte sie sich mit ihren Händen kampflustig und mit einem Blick auf den Armlehnen des Sessels ab, so dass Christian sich nur ergeben zurücksinken lassen konnte.

„Eigentlich interessiert es mich herzlich wenig, was dein Stange bei wem treibt. Es geht mich auch nichts an. Nur nicht bei Valeria.“

„Hui, irgendwie macht es mich an, wenn du solche unanständigen Worte in deinen hübschen Mund nimmst. Das kenne ich ja gar nicht von dir.", stichelte Christian weiter. Dann packte er Franziska mit seinen starken Händen an den Hüften, drehte sie herum und ließ sie auf seinen Schoß fallen, ehe sie in irgendeiner Weise darauf reagieren konnte.

Herum geblödelt hatten die beiden schon öfters, sich wie zufällig hier und da berührt. Doch diesmal war es anders. Die Berührung seiner kräftigen Hände, für die Franziska insgeheim von Anfang an schwärmte sie, es war seltsam sie hate auf einmal Gänsehaut. Dieses Kribbeln zog sich bis in ihre Brustwarzen, die den zarten Spitzen-BH und die dünne Bluse plötzlich durchbohren wollten und zwischen ihre Schenkel, so dass sie glaubte, Christian müsste die Nässe durch den Stoff ihres Rockes und seiner Hose spüren.

Und Christian wusste auch nicht, was mit ihm los war. Sicher hatte er sich in seinen üblichen Phantasien ausgemalt, wie er Franziska nehmen würde. Aber er wäre nie auf den Gedanken gekommen, dies in die Tat umzusetzen. Aber jetzt, als sie auf ihm saß, völlig aufgebracht durch dei Unterhaltung wegen einer anderen Frau, war alles anders. Die Hitze ihres Körpers erregte ihn so sehr, dass sich seine Hose ausbeulte. Diese prächtige Wölbung, die er bei anderen ungeniert vorzeigte, war ihm Franziska gegenüber äußerst peinlich und er war froh, dass sie ihm den Rücken zukehrte, und die Bescherung nicht sah.

Wie ein in die Ecke gedrängter Tiger ging er zum

Angriff über. „Das ist aber unfair. Was soll ich dann machen? Ich habe mich doch schon so sehr darauf gefreut. Du weißt, wie heiß ich Lisa finde."
Dabei massierte er ihre Schultern und er spürte, wie sie bei diesen Worten zusammenzuckte.
Franziska wollte sich ihm entziehen, aber er hielt sie fest, ließ seine Hände auf ihre Oberarme gleiten.
„Dann wirst du wohl auf Handbetrieb umstellen müssen.", brachte sie nur mühsam beherrscht hervor.
Seine Finger wanderten jetzt ihre Wirbelsäule von oben nach unten und wieder zurück entlang, strichen über ihren Nacken, ihren Haaransatz.
Plötzlich wollte Christian diese Frau mit jeder Faser seines Körpers, so sehr, dass es fast schmerzte. Während er sie an den Schultern zu sich zog, fragte er sich, warum er die ganze Zeit sinnlos durch die Gegend vögelte, obwohl so ein wunderschöne Frau direkt vor seiner Nase war.
´Tausendmal berührt...´, schoss es durch seinen Kopf.
Wie durch eine Nebelbank nahm er ihr Seufzen und ihre schwere Atmung wahr. Etwas mutiger strich er jetzt ihre Arme hinab bis zu ihren Händen, die in ihrem Schoß ruhten.
Christian schloss die Augen, seine Fingerspitzen waren nunmehr Sensoren, die jeden Millimeter ihres Körpers ertasteten. Von ihren Händen schwebten sie kurz über ihren Venushügel, dann über den flachen Bauch hinauf bis zum Ansatz ihrer Brüste. Dort ruhten sie einen Moment, abwartend, ob sie weiter durften.

Es gab keine Abwehr. Christian spürte ihren rasenden Herzschlag. Durch den Stoff ihrer Bluse zeichnete er den Umriss ihrer Brüste nach und näherte sich in immer kleiner werdenden Kreisen ihren harten Brustwarzen. Als er sie berührte, durchlief Franziska ein prickelnder Schauer. Unruhig rutschte sie auf seinem Schoß hin und her, was Christian wieder an seinen inzwischen fast unangenehm prallen Stange erinnerte.

Er küsste ihren Hals, knabberte zärtlich an ihren Ohrläppchen. Begierig sog er den Duft ihrer schwarzen schulterlanges Haare und ihre duftende weiche Haut ein. Er war nicht länger Herr seiner Sinne, ließ sich nur noch treiben.

Genauso wie Franziska. Die harte Stange im Rücken machte ihr deutlich, dass es jetzt kein Zurück mehr gab. Sie genoss Christian Berührungen, wollte mehr davon, was sie ihm durch ein wohliges Stöhnen unmissverständlich klar machte.

Mutig ließ Christian seine Hände unter ihren Rock gleiten, streichelte die zarte Haut ihrer heißen Schenkel, wanderte zu ihrem Paradies. Es wurde nur von einem kleinen Tanga verdenkt. Als seine Finger unter das Höschen glitten, stellte Christian elektrisiert fest, dass Franziska absolut glatt rasiert war. Leise stöhnte er in ihr Ohr und tastete die fleischigen Hügel ab, sein Finger glitt in die feuchte Spalte, die ihn gleich aufzusaugen schien. Franziska reichte mit der Hand hinter ihren Rücken und griff zielsicher in seine Hose. Sie berührte seinen zum Bersten geschwollene Stange, massierte seinen Lustbeutel.

Dann klingelte es an der Haustür.

Wie von der Tarantel gestochen fuhr Franziska hoch. Sie strich ihren Rock glatt und ordnete ihre Haare notdürftig mit den Fingern. Irritiert sah sie Christian an, der sie erstaunt musterte. Als sie an ihm vorbei wollte, um die Tür zu öffnen, griff er nach ihrer Hand. „Geh nicht, wir tun so, als sei keiner da.", meinte er grinsend.

Doch Franziska schüttelte nur den Kopf. „Das wird Valeria sein." Damit war sie auch schon verschwunden.

Bevor sie die Tür öffnete, atmete sie tief durch, um keinen Verdacht bei ihrer Freundin zu erregen. Dann machte sie schwungvoll auf und setzte ihr unschuldigstes Lächeln auf.

Es war tatsächlich Valeria . „Hi Franziska, was machst du denn hier?" Gerade als sie antworten wollte, winkte Valeria lachend ab. „Ist ja auch egal. Dann kannst du mir bitte gleich einen Gefallen tun." Flehend schaute sie Franziska an.

„Was hast du denn?"

„Kannst du Christian bitte sagen, dass es nichts wird? Ich habe nämlich vorhin einen Typen beim Bäcker kennen gelernt ... er wollte mir das letzte Schweineohr wegschnappen... na ja, jedenfalls hat er mich eingeladen. Und er ist so süß..."

Abwehrend hob Franziska ihre Hände. „Schon gut, schon gut. Ich verstehe. Ich werde es Christian schonend beibringen."

„Okay. Allzu böse wird er ja nicht sein. Er hat ja immer welche in Reserve, bei denen er landen kann." Valeria lachte und Franziska stimmte halbherzig mit ein. Zum Abschied drückte Valeria ihre Freundin und dankte ihr nochmals. Dann verschwand sie fröhlich vor sich her singend. Franziska war nicht nach singen zumute. Die scherzhaften Worte ihrer Freundin ließen sie nicht mehr los, denn sie stimmten. Christian hatte nie Probleme, dass er einen Abend und eine Nacht allein verbringen würde. An Angeboten mangelte es ihm nie.

Ratlos stand sie im Flur und überlegte, was sie tun sollte. Alles in ihr wollte wieder zu Christian und da weitermachen, wo sie aufgehört hatten. Doch wollte sie nicht eine von vielen sein.

Als sie nach ihrer Jacke griff, kam Christian, der alles mit angehört hatte. „Wo willst du hin?", fragte er mit belegte Stimme. Er befürchtete, wenn Franziska ging, würde er sie nie wiedersehen, denn die alte Vertrautheit zwischen ihnen, würde es dann so wohl nicht mehr geben.

„Ich... ich muss nachdenken, Christian . Weißt du, Valeria hat vollkommen recht. Du bist wie ein Spender der Samenbank, und es wird immer einen Platz geben, wo du landen kannst. Ich bin aber nicht so. Das weißt du."

Sie wollte nach der Türklinke greifen, doch Christian hielt ihre Hand fest. „Ich will, dass du bleibst. Vor fünf Minuten noch hätte ich Valeria in jedem Punkt recht gegeben und wäre auch stolz darauf gewesen. Aber jetzt ... Franziska, um bei dem Vergleich zu bleiben, das Flugzeug ist gelandet und wird nie wieder starten." Er küsste zärtlich ihre Fingerspitzen.

„Christian, sieh mich an. Ich pass doch gar nicht zu dir. Jeder wird dich auslachen, wenn du so ein

Hässliches Entlein nimmst, statt der heißen Bräute, die du sonst hast.“

Er schüttelte den Kopf und zog Franziska hinter sich her ins Schlafzimmer. „Hey, was soll das? Hast du mich nicht verstanden?“ Doch er ließ sich gar nicht beirren und nahm sie einfach mit.

Als er die Tür öffnete, musste Franziska lachen. „Ich fasse es nicht, ein Spiegel über dem Bett. Das du solch ein an der Waffel hast, hätte ich aber nicht gedacht.“

Auch darauf reagierte Christian nicht. Stattdessen schob er sie vor den riesigen Schrankspiegel. „Sie hin.“, forderte er sie auf. Unbehaglich sah sie in den Spiegel, denn normalerweise tat sie das nur flüchtig, um sich leicht zu schminken oder den Sitz ihrer Kleidung zu prüfen. Sie gehörte einfach nicht zu den Menschen, die sich selbst bewunderten. „Ja, und?“, sagte sie daher nur kurz.

„Also das gibt es ja nicht, eine Frau, die nicht gern in den Spiegel sieht. Das habe ich ja noch nie erlebt.“

Franziska drehte sich zu Christian herum. „Siehst du? Genau das meine ich. Ich bin nicht eine von denen, die du sonst hast. Ich bin kein Modepüppchen, das Stunden damit zubringt, bis alles perfekt ist.“

Christian packte sie sanft an den Schultern und drehte sie um, so dass sie wieder in den Spiegel sehen musste. Du bist wie der Mond er ist wunderschön hat aber seine Macken nicht alles ist perfekt weil perfekt ist nämlich nicht schön,„Ich sehe eine wunderschöne Frau. Und ich weiß einfach nicht, warum du das hinter dieser unvorteilhaften Kleidung versteckst." Langsam knöpfte er ihre Bluse auf, streichelte ihr Ausschnitt an der Bluse, ihren flachen Bauch.

Während er ihre Bluse abstreifte, forderte er Franziska auf, weiter im Spiegel zuzusehen. Und plötzlich erregte sie das, was ihr sonst zuwider war. Fasziniert beobachtete sie, wie Christian großen Hände über ihre weiche Haut strichen, wie er ihren Hals küsste, an ihren Ohren knabberte. Gekonnt öffnete er ihren BH und befreite ihre straffen Brüste. Endlich war kein störender Stoff dazwischen, als Christian sie verwöhnte. Erst streichelte er sie ganz sacht, doch dann war seine Beherrschung vorbei. Er knetete sie kräftiger, zwirbelte die Brustwarzen.

Franziska schloss die Augen und genoss das Kribbeln, das sich von ihren Brustwarzen bis zwischen ihre Schenkel zog. „Du sollst hinsehen.", forderte Christian sie mit rauer Stimme auf. „Sieh, was ich in dir sehe. Du bist heiß. Ich werde dich nehmen und nie wieder gehen lassen." Sie tat wie ihr geheißen und beobachtete, wie Christian ihren Rock öffnete und zu Boden fallen ließ. Dann streifte er ihren Tanga hinunter, so dass sie nun völlig nackt vor dem Spiegel stand. Sie mochte sich nicht so sehen, doch Christian ließ ihr keine Wahl. Immer wenn sie die Augen schloss, während seine Hände weiter an ihrem Körper hinab glitten, ermahnte er Franziska, sie soll die Augen wieder öffnen. Und so sah sie zu, wie er mit einer Hand ihrer Brüste verwöhnte und die andere Hand zielsicher zwischen ihre Schenkel fuhr. Bereitwillig öffnete sie die Beine.

Die glatte Haut ihres Paradieses machte Christian
rasend. Er stellte sich vor Franziska und sank vor
ihr nieder. Wie ein Verdurstender nahm er
abwechselnd ihre Brustwarzen in den Mund,
saugte, lutschte und leckte, bis Franziska sich
immer mehr in seiner Umklammerung wand.
Dabei vergaß er aber nie, darauf zu achten, dass sie
genau zuschaute. Schließlich wanderten seine
Lippen und seine Zunge über ihren Bauch bis zu
ihrem Venushügel. Berauscht von dem Duft nach
Frau flog seine Zunge einem Schmetterling gleich
über diesen lieblichen Berg, zwischen die feuchte
Spalte. Franziska öffnete wieder die Beine so weit
es ging, so dass seine Zunge leichteres Spiel hatte.
Christian saugte an ihren Lippen, seine Zunge
umspielte ihre Lustperle. Er nahm sie in den Mund,
saugte und leckte daran, bis wogende heiße Wellen
Franziska Unterleib überschwemmten. Ihre Knie
wurden weich, Christian fing sie gerade noch auf.
Er nahm sie auf seine starken Arme und legte sie
auf das große Bett. Während er sich selbst auszog,
wies er auf den Spiegel über dem Bett. „Sieh, wie
schön du bist. Glücklich und zufrieden." Eigentlich
hatte er gar nicht so unrecht, fand Franziska
allmählich. Die leichte Röte in ihrem Gesicht und
der Schweiß auf ihrem Körper hatten schon etwas
Erotisches.
Lachend sprang er auf das Bett und küsste sie. Ihre
Zungen spielten immer heißer miteinander, bis sie
fast keine Luft mehr bekamen.
Christian kniete sich zwischen ihre Schenkel und
packte sie an den Hüften. Langsam ließ er seine
pralle Eichel in ihr nasses Muschel gleiten. Bella

stöhnte auf, fordernd streckte sie ihm ihr Becken entgegen, sie wollte ihn ganz. Doch so leicht wollte Christian es ihr nicht machen. Er zog sich wieder zurück, strich mit seinem Schwanz über ihr glattes Paradies, kitzelte ihre Perle, dann drang er wieder ein Stück ein, zog sich wieder zurück...
Dieses Spiel trieb er so lange, bis Franziska sich unter ihm wand, selbst ihre Brüste, ihren Körper streichelte und seinen Stange packte, um sich daran zu reiben. Er achtete wieder darauf, dass sie alles im Spiegel beobachtete.
Erst als er es nicht mehr ertragen konnte, stieß er ganz zu. Schnell fanden sie einen gemeinsamen Takt. Franziska sah im Spiegel ganz genau, wie er in sie eindrang. Sein Schwanz glänzte von ihrer eigenen Nässe und bei jedem Stoß entstand ein schmatzendes Geräusch, dass ihre Geilheit noch steigerte.
Kurz bevor er kam, ließ Christian sich nach vorn zwischen Franziska Brüste fallen. Er atmete ihren aufregenden Duft ein, lutschte an ihren Brustwarzen. Und er stieß weiter zu, immer stärker. Er spürte das Vibrieren in ihrer Muschel und konnte sich nicht mehr zurückhalten. Gemeinsam erlebten sie einen Höhepunkt, der scheinbar nicht enden wollte.
Völlig außer Atem rutschte Christian von Franziska herunter. Sie sahen in den Spiegel und hielten sich an den Händen. „Weißt du, Christian, du hast recht. Eigentlich sind wir gar kein schlechtes Pärchen.“
„Na sag ich doch. Und ich muss sagen, wer dich zur Freundin hat, kann sich glücklich schätzen.“

„Wieso?“
„Wenn du nicht so sehr auf Valeria geachtet hättest,
wäre es wahrscheinlich nicht so weit gekommen.
Und ich würde immer noch mit anderen ins Bett
hüpfen und einen geeigneten Landplatz suchen.
Doch das hat jetzt ein Ende, ich bleib bei dir und
will nie wieder loslassen.“

DER SPPIELEABEND

Nach der wilden Party Anfang des Frühlings war wieder ein gutes Monat vergangen und mir kribbelte es schon wieder gewaltig zwischen den Beinen. Das muss das schöne Wetter sein, dass mich so erregte. Auch mein Schatz war schon ganz scharf auf Abwechslung, obwohl wir sowieso jede Gelegenheit nützten, um miteinander Spaß zu haben. Aber es fehlte uns schon wieder das Abenteuer und die Abwechslung. So berieten wir, was wir machen könnten. Beim Durchblättern des Katalogs von Wassereis blieb unser Interesse bei den Sexspielzeug hängen. Da wir die meisten Spiele schon kannten und ausprobiert hatten, wollten wir selber etwas gestalten. Da kam mir die Idee, alle unsere Freunde zu einer Party einzuladen und jeder soll sich Gedanken machen, was wir geiles spielen könnte. Die besten Ideen wollten wir dann ausprobieren. Nach zwei Wochen war es endlich soweit und die Party konnte steigen. Wieder dabei, wie immer unsere Drei Freunde, Lothar, Patrick und Robert. Von den Pärchen hatten Katrin mit meinem Ex Mario, sowie Mandy, die Freundin von Robert und Nicole mit Marc. Zuerst wurde das Wiedersehen gefeiert, dann durften alle ihre Spiele-vorstellen. Mario mit Stripp-Poker und Christian mit Flaschendrehen wurden aber gleich verworfen, denn wir wollten was Neues kennenlernen. Lothar Vorschlag gefiel uns am besten. Er nannte es Blind-Date, nämlich alle Anwesenden ziehen sich nackt aus und verteilen sich in einem dunklen Raum, der mit

Teppich ausgelegt ist. Auf ein Kommando beginnen alle sich einen Partner zu finden und treiben es miteinander. Gesprochen darf nicht werden, nur das Lustgestöhne ist erlaubt. Der Vorteil unserer Runde war, das fast doppelt so viele Männer wie Frauen waren. Gemeinsam räumten wir unser Wohnzimmer frei, der mit einem dicken Teppich ausgelegt ist, der auch nicht so heikel ist und leicht gereinigt werden kann. Dann verteilte ich noch ein paar Kissen im Raum und es konnte losgehen. Für das Spiel hatten wir zwei Stunden veranschlagt. Mein Schatz machte leise Musik, was das ganze etwas untermalt. Im Vorraum entkleideten wir uns alle und verschwanden im dunklen Zimmer, wo wir uns verteilten. Auf ein Zeichen ging es los. Anfangs gab es viel Gelächter und Gekicher, vor allem wenn sich zwei Männer trafen und befummelten. Wir Mädels hatten damit natürlich kein Problem und schmusten mit der anderen und streichelten uns gegenseitig. Ich kroch auf allen Vieren in die Mitte des Raumes, bis ich auf einen Körper traf und diesen abtastete. Meine Hände wanderten über einen Rücken und über einen Po, dann griff ich zwischen seine Beine und hatte einen strammen Luststab in der Hand, denn ich sofort fest in meiner Hand und ich massierte ihm seinen stange Auch mein Gegenüber befummelte mich vorsichtig. Seine Hände wanderten über meine Brust, massierten sie eine Weile, spielten mit meinen vor Erregung abstehenden Brustwarzen. Schließlich drückte ich ihn auf den Rücken, beugte mich zu der harten Stange hinunter und schob sie mir in den Mund.

Während ich genussvoll daran lutschte, massierte ich den prall gefüllten Sack liebevoll, was meinem Gegenüber lustvoll Stöhnen entlockte, wobei auch er weiter mit meiner Brust spielte. Meine Muschel schwamm bald vor Geilheit und irre Wonneschauer rollten über meinen Rücken. Dabei spürte ich zwei neue Hände, die sich über meine Schenkel zu meinem Lustzentrum vortasteten und sich mit meine glitschigen Muschel und meinem hoch gestreckten Po beschäftigten. Gleich darauf spürte ich eine harte Eichel an meiner Muschel, die sich denn Weg in mein Mäuschen bahnte und mich mit kräftigen Stößen zu bumsen begann. Es dauerte nicht lange, da zog sich das steife Glied zurück und ein anderes wurde in meine Spalte geschoben, ein viel größeres. Es füllte mich so gewaltig aus, dass ich lustvoll Aufstöhnte und dabei die Gurke aus meinem Mund nahm. Aber mein Gegenüber keuchte schon etwas lauter, drückte meinen Mund schnell wieder auf die geschwollene Eichel und nach 1 Minute stöhnt er auf und schoss mir seine Sahne in den Mund. Ich konnte gar nicht so schnell schlucken und spuckte über die Hälfte aus ich hatte kaum noch Luft bekommen und musste mich erst wieder sammeln, leckte die zuckende Eichel sauber und entließ sie mit einem Kuss. Nun konzentrierte ich mich auf das große Ding in meiner Lustfurche, melkte es mit meiner Scheide, bis er sie ganz tief in mich steckte überrollte mich durch meinen aufgewühlten Körper. Der Größe nach dürfte es Lothar oder mein Schatz gewesen sein, denn sonst hatte keiner der anwesenden Männer ein so tolles Instrument. Erschöpft zog ich mich an die Wand zurück, um mich etwas zu erholen, bevor ich mich wieder ins Getümmel warf und mir einen neuen Stecher suchen würde. Im ganzen Raum hörte man Lustgestöhne und Gewimmer, wenn einer, bzw. eine von uns heftig kam. Als nächstes fand ich aber einen weiblichen Körper, den kleinen, festen Brüsten nach vermutlich Mandy. Wir küssten uns und verwöhnten uns mit den Händen zärtlich. Auch ihre Muschel war schon kräftig voll ge*abbert, wie ich beim Liebkosen ihrer Spalte bemerkte. Wir umarmten uns fest und rieben unsere Wonnehügel aneinander, was uns so erregte, das wir fast gleichzeitig einen irrigen Höhepunkt erlebten. Unsere Liebespforten begannen sofort auszulaufen und das geile Gemisch rann an unseren Schenkel hinab. Ich wollte schon weiterwandern, als sich ein weiteres hartes Glied den Weg in meine Spalte suchte und mich zu stoßen begann. Im Lustrausch drückte ich mein Becken diesem fest entgegen, aber es wurde wieder zurückgezogen und ich spürte die harte Spitze an meinem Hintereingang. Langsam drückte mir mein geheimnisvoller Mitspieler seinen harten Zauberstab immer tiefer in den engen Kanal. Schon nach ein paar wilden Stößen drückte er das steife Ding ganz tief hinein und und sein liebes Nektar war in mir gelandet . Ich wollte mich umdrehen und seine Lippen suchen, um ihn zärtlich zu küssen, aber er zog sich schnell zurück und entzog sich mir. Das ganze hatte mich so aufgeheizt, das mein Körper schon schweißgebadet war. Bevor ich noch weiter kriechen konnte ertönte das Zeichen für eine

Erholungspause und das Licht ging an. Ein geiler Anblick bot sich mir. Die Männer hingen meist schweißgebadet in einer Ecke und ihre Frauen verwöhne hingen schlaff zwischen ihren Schenkeln hinab. Den Mädels erging es so wie mir. Alle hatten eine vollge*pritzte Lustspalte, an ihren Lippen klebten noch einige Sahne oder ihre Wonnehügel waren mit der weißen Soße bedeckt. Fröhlich verzogen wir uns zuerst ins Bad zurück und wuschen uns gründlich. Nach und machten auch die Männer ihre Zauberstäbe sauber. Danach setzten wir uns in der Küche zusammen und stärkten uns mit Wein und und anderen Getränke und belegte Brötchen es war wie ein kleines Buffet in der Küche. Dabei wurde natürlich über das geile Spiel gesprochen und dann über den Vorschlag von Patrick für das Nächste. Schon bei der Besprechung wurden wir wieder alle richtig geil und unsere Muscheln wurden extrem nass. Auch die Feuerwehrschläuche unserer Männer erhoben sich schnell vom „Halbschlaf" und wuchsen zu ihrer vollen Größe. Das Spiel nannten wir „Blind Kuh". Einer, bzw. eine Mitspieler/in setz sich mit verbundenen Augen auf einen Sessel in der Mitte des Raumes. Dann darf derjenige durch tasten und riechen erraten wer der gegenüber ist. Errät er es, darf sie oder er sich wünschen, wie sie/er verwöhnt werden will. Rät derjenige aber falsch, stellt sich der nächste vor ihm auf. Als Gastgeberin durfte ich beginnen und setzte mich aufgeregt auf den Sessel. Katrin verband mir die Augen und dann ging es los. Da Mario, Marc, Patrick und Robert annähernd die gleiche Stangen

Größe haben, riet ich zweimal daneben. Als Dritter stellte sich Lothar vor mich und seinen Rieseß erkannte ich sofort, als ich ihn in die Hand nahm. Trotzdem machte ich noch weiter und ergriff seine großen Hoden, die ich zuerst abtastete und dann leicht drückte, was ihm unterdrücktes Stöhnen entlockte. Erst danach sagte ich seinen Namen. Mandy nahm mir die Binde ab und ich küsste schnell seine pralle Eichel, bevor ich meinen „Gewinnwunsch" äußerte. Von ihm wollte ich mich von seiner flinken Zunge verwöhnen lassen, denn das beherrscht er perfekt. Dazu legte ich mich gleich auf den Wohnzimmertisch, spreizte meine Beine und zog seinen Kopf zwischen meine Schenkel. Liebevoll begann er meine Spalte zu verwöhnen und saugte immer wieder an meiner Lustperle, die immer größer wurde und zwischen meinen Lippen. Dieses wonnige Gefühl bescherte mir schnell einen unglaublichen Höhepunkt und ich musste laut aufjauchzen, wobei sofort ein kleines Bächlein Muschelsaft aus meiner Lustgrotte sickerte, dass er genussvoll aufsaugte. Ehe ich ihn von mir wegließ, gab ich ihm noch einen dicken Kuss, als Dank für den wunderschönen Höhepunkt. Dann durfte sich mein Schatz auf den Sessel setzen und wir vier „Mädels" strecken ihn unsere Muscheln und Wonnehügel hin. Er erriet schon beim zweiten Versuch Mandy, denn ihre kleinen harten Brüste erkannte er ebenfalls sofort. Als Wunsch wollte er sie so richtig durch rammel wie ein Karnickel, was er auch gleich in Tat umsetzte. Als ich wieder einmal an die Reihe kam, war Patrick dran und ich ließ mich von ihm die noch immer empfindliche Grotte richtig durch jodeln und mit einer ordentlichen Ladung Liebessaft vollspritzen. Die anderen schauten mit geilen Blicken zu und gaben ihre ihre Ladung auf mich ab. Die Stimmung war so toll, das die zeit so schnell vorüber zieht und ich unseren Gästen vorschlug, gleich bei uns zu übernachten. Natürlich hatte ich dabei auch einen Hintergedanken, denn ich wollte noch mehr von den strammen prallen Gurken und ihren Säfte in mir spüren, was ich gründlich ausnützte. Ich meldete mich „freiwillig" bei Lothar, Patrick und Robert im Zimmer zu schlafen. Mein Liebster war genauso einverstanden, schließlich konnte er so die Nacht mit Mandy verbringen und sich mit ihr austoben. Marc schlief mit Katrin in einem Zimmer und Nicole blieb mit Mario gleich im Wohnzimmer. Am nächsten Vormittag trafen wir uns alle wieder zum Frühstück. Nicht nur ich war noch ziemlich fertig, sondern auch die anderen schauten ganz gewaltig fertig aus. Jeder konnte sich ausmalen, was noch alles in der Nacht alles abgelaufen war. Besonders mir konnte man ansehen, dass ich es mit drei geilen Hengsten aufgenommen hatte, die mich richtig fertig gemacht hatten und meine Lustlöchlein anständig gestopft und mit ihrer weißen Soße gefüllt hatten. Nach dem Essen schmusten wir noch einige Zeit abwechselnd mit unseren Lustmolchen und befummelten uns gegenseitig. Es wurde schließlich Abend und unsere Gäste Giengen nach Hause.

ES DRAF NIE RAUSKOMMEN

Dieses Erlebnis stammt noch aus meiner Anfangszeit mit Mario. Wir waren noch gar nicht solange verheiratet, hatten aber öfters Besuch von Katrin und Christian, meinen heimlichen Geliebten. Es war noch ein befreundetes Paar bei unserer Silvesterfeier anwesend. Es wurde von Anfang an ordentlich dem Alkohol zugesprochen und dementsprechend waren wir alle schnell ganz gut drauf. Franz hatte einen selbst angesetzten Rumtopf mitgebracht, der ziemlich stark mit Alkohol versetzt war. Zwischendurch gab es noch Brötchen zum stärken. Vom Wohnzimmer aus gab es einen Zugang zu einer kleinen Kammer, in dem unsere Funkanlage eingebaut war. So gegen 22.°° Uhr verzogen sich Marc, Katrin und mein Mann in dieses Kämmerchen um mit anderen zu fummeln. Auch hatten sie den Rumtopf mitgenommen, denn sie gemeinsam leerten und dadurch noch mehr lustiger wurden. Wir hörten sie bis ins Wohnzimmer lachen und kichern. Da mir nicht so gut war, blieb ich ihm Wohnzimmer. Christian leistete mir Gesellschaft. Um etwas frische Luft zu schnappen, ging ich ins Schlafzimmer und öffnete das Fenster. Ich hatte mich gerade zum Luftholen auf das Fensterbrett gestützt, als Christian sich von hinten an mich heranschlich und mich umarmte. Er presste seinen Körper fest an mich und seine Hände wanderten dabei unter mein Kleid. Sanft massierte er meine Brust und besonders meine Brustwarzen, die sich gleich vor Erregung aufstellten. Dabei spürte ich, wie in seiner Hose eine Beule wuchs, die immer größer und härter wurde. Neugierig griff ich nach hinten und streichelte diese, worauf er leise zu stöhnen beginnt. Nun wanderte eine Hand von ihm zu meinen Schenkel hinunter und streichelte mit sanften Bewegungen immer höher in Richtung meiner bereits nassen Muschel. Auch mein Höschen war schon ganz nass im Schritt und als er dies bemerkte, schlüpfte ein Finger schnell unter das Stückchen Stoff. Liebevoll massierte er meine Perle, die immer größer wurde und zwischendurch tauchte er die Fingerspitze immer ein Stückchen in meine nasse Spalte ein. Ich war inzwischen schon so erregt, dass ich ebenfalls leise zu Stöhnen begann. In meiner geweckten Geilheit hatte ich unbewusst sein hartes Glied aus der Hose befreit und spielte mit ihm leidenschaftlich erst zärtlich. Schon nach kurzer Zeit stieg es in mir ganz heiß auf und eine Flutwelle der Lust nach dem anderen überrollte meinen Körper. Mit einem leisen Wimmern entlud sich der erste Höhepunkt und meine Beine begannen zu zittern. Nun konnte auch Christian sich nicht mehr halten, setzte seine pralle Eichel an meine Lustpforte und drückte sie langsam in die glitschige Öffnung. Immer tiefer drang er ein und begann mich schließlich mit langsamen Bewegungen zu mich zu massieren . Anfangs hörten wir immer nach den anderen im der Kammer, damit wir sie rechtzeitig hörten, wenn einer herauskam. Christian war schon so überreizt, das es ihm bald kommen würde ich spüre wie sein Zauberstab sein Saft aus der Vorratskammer trieb. Keuchend ergoss er sich tief in meiner Lusthöhle und sein zuckendes Glied löste auch bei mir nochmals einen heftigen Abgang. Wen da jemand aus dem Kammer gekommen wäre, wir hätten es bestimmt nicht gemerkt, denn wir waren beide so im Wonnerausch, dass wir auf sie vergessen hatten. Erst als wir uns etwas beruhigt hatten und uns trennten, konnten wir wieder klarer denken und horchten in den Nebenraum, wo es zum Glück noch ziemlich hoch her ging. Nach einem innigen, zärtlichen Kuss trennten wir uns und schlichen ins Wohnzimmer zurück. Wir konnten uns gerade noch setzen, als Mario aus dem Kammer kam und vor mir ins WC verschwand um seine Blase zu entleeren. So musste ich mit überlaufender Muschel am Sofa warten, bis das Klo wieder frei wurde und ich mein Mäuschen entleeren konnte. Danach ging ich noch ins Bad und wusch diese gründlich. Nach mir stürzte auch Christian ins Bad und reinigte seinen schleimigen Regenwurm gründlich. Mein alter hatte überhaupt nichts bemerkt, obwohl ich noch immer vor Erregung ganz rot im Gesicht war. Er glaubte sicher, dass ist vom Alkohol. An Kattrins Kichern und Jauchzen vermuteten wir, dass sie von Christian und Mario befummelt wurde. Walter nahm noch schnell ein paar Brötchen vom Teller und verschwand wieder. Kaum hatte er die Tür geschlossen, setzte ich mich schnell auf den Schoß von Christian und schmuste liebevoll mit ihm. Dabei spürte ich, wie sein Luststab sich wieder aufrichtete und gegen meinen Po drückte. Meine Erregung machte mich gleich wieder so geil, dass ich das harte Ding aus der

Hose holte, mich zu ihm hinunterbeugte und es in meinen Mund schob. Zärtlich lutschte ich daran, massierte liebevoll die Kugeln und entlockte Franz schnell wieder ein lustvolles Stöhnen. Es dauerte nicht lange, da begannen seine Beine zu zittern und aus der kleinen Öffnung an seiner Spitze sickerten die ersten Tropfen seines Eierlikör. Da drückte ich seine Hoden etwas fester und schon schoss sein köstliches Nektar aus der wild zuckende Knolle in meinen Mund. Genussvoll schluckte ich alles und saugte ihm noch die letzten Tropfen aus der kleinen Öffnung. Dann drückte ich noch einen zärtlichen Kuss auf die geschwollene Eichel und entließ sie aus dem Mund. Mit einem Schluck Wein spülte ich den herrlichen Geschmack und den Rest seiner Sahne hinunter. Christian lies sich nun entspannt zurücksinken, verstaute sein leicht geschrumpftes Liebeszepter wieder in der Hose und zog mich nochmals zu einem zärtlichen Kuss an seine Lippen. Dann setzten wir uns wieder brav auf unsere Plätze und warteten auf unsere Partner. Christian und ich hielten uns von da an mit dem trinken etwas zurück, während die anderen noch ordentlich weiter becherten. Nach dem Mitternachtstrubel waren die drei so betrunken, das sie im Wohnzimmer am Sofa einschliefen und nichts mehr mitkriegten. Christian und ich verzogen uns in die Küche, wo wir uns noch weiter unterhielten und auch lustvoll herum beißen. Dabei wurden wir nochmals so heiß, dass wir es nicht mehr aushielten und ich mich gleich auf dem Küchentisch von ihm vernaschen lies. Ich legte mich auf eine Decke, die ich auf dem Tisch ausbreitete, mein Höschen war so durchnässt dass man denen konnte ich hätte in die Hose gemacht. Er streichelte mit seiner Zunge meine Maus und nach kurzer Zeit zum über laufen brachte. Nach einem heftigen Orgasmus, der mich gewaltig durchschüttelte und meinem Mäuschen ein kleines Bächlein mit Lustwässerchen entlockte, kam er zu mir hoch und drang auf das höchste erregt mit einem Stoß ganz tief in mich ein. Sein Luststange füllte mich wieder so toll aus, das auch der zweite Höhepunkt nicht lange auf sich warten ließ. Wimmernd hielt ich ihn mit meinen Beinen umklammert und erwartete sehnsüchtig seine Ladung Eierlikör in meiner Grotte. Erst dann gaben wir uns nach einigen langen ‚zärtlichen Küssen zufrieden. Während Christian es sich am Wohnzimmerboden bequem machte und entspannt einschlief, verzog ich mich in unser Schlafzimmer zurück und schlief ein. Erst am späten Vormittag wurden alle wach und setzten sich zum Frühstücken an den Tisch, auf dem Christian und ich uns vorm Schlafengehen geliebt hatten. Wir warfen uns immer wieder verstohlen verliebte Blicke zu und mussten dabei verschmitzt lächeln, wenn wir daran dachten was wir auf dem Tisch getrieben hatten. Das war bis heute unser beider Geheimnis, über das wir uns noch heute amüsieren, wenn wir von früher plaudern.

ICH HATTE RÜCKENSCHMERZEN

Im letzten Jahr im Pflegedienst Ich war schon fast mit meiner Arbeit fertig, als der bestellte Physiotherapeut auftauchte. Ich begrüßte ihm und stellte mich vor ich bin Schwester Franziska. Es war ein gutaussehender etwas sehr kräftig aber lustiger Typ etwa in meinem Alter, der sich gleich an die Arbeit machte. Ich schaute ihm eine Weile zu, wie er den Patienten behandelte, die Übungen mit ihm durchführte und dieser dann etwas müde einschlief. Beim Weggehen erzählte ich ihm von meinen Verspannungen durch den Beruf und er meinte, wenn ich Zeit habe, kann ich ja bei ihm einmal vorbeischauen. Vielleicht kann er mir helfen. Auf meine Frage, wie viel das kosten würde meinte er zwinkernd, das kann er erst sagen, wenn er mich angeschaut hat und dann können wir ja darüber reden. Schon zwei Tage später, ich war mit dem Abenddienst etwas früher fertig, weil ein Termin ausgefallen war, schaute ich bei dem Therapeuten vorbei, denn mein Rücken machte mir schon ganz schön zu schaffen. Im Wartesaal saß noch ein Patient und als dieser von Christian, so hieß der Therapeut, aufgerufen wurde erblickte er mich. Mit einem Lächeln kam er zur Tür und bat mich etwas Platz zu nehmen, es dauert nicht lange und dann wird er sich um mich kümmern. Schon nach 20 Min. rief er mich ins Behandlungszimmer, bat mich, das ich mich bis auf den Slip ausziehe und auf der Liege Platz nehme. Zuerst ließ er mich meine Probleme erklären und holte inzwischen Massageöl, mit der er meinen Rücken einölte und dann mit seiner Arbeit begann. Anfangs stand er dabei seitlich vor mir massierte meinen Rücken vom Po hinauf Richtung Schultern. Dann stellte er sich zu meinem Kopf und bearbeitete meine Schultern bis zum Nacken. Neugierig schaute ich dabei auf seinen Schritt, wo eine immer größer werdende Beule entstand. Als er meinen Blick bemerkte, entschuldigte er sich und meinte, mein geiler Körper hat ihn so erregt, das sich sein bestes Stück selbstständig gemacht hat. Schmunzelnd gab ich ihm zur Antwort: „Macht doch nichts, der braucht wahrscheinlich auch eine Massage, damit er sich wieder beruhigt" und streichelte sanft über die große Beule. Das entlockte ihm ein leises Stöhnen und hielt brav still. Daraufhin öffnete ich seine Hose und holte das steife Ding heraus. Ein schön geformter Zauberstab kam zum Vorschein, der angewachsen war. Liebevoll spielte ich ihn eine Weile und massierte dabei seine großen Hoden, die sich prall gefüllt anfühlten. Als die ersten Tropfen aus seiner Spitze sickerten schob ich mir die große, geschwollene Eichel in den Mund und lutschte vorsichtig daran. Er musste dabei immer hektischer atmen und ich spürte bald das köstliche Nass im Schaft aufsteigen. Er wollte sich noch zurückziehen, aber ich hielt ihn fest und saugte etwas intensiver. Da Stöhnte er auf und ließ es laufen. Eine Fontäne nach der anderen schoss in meine Mundhöhle und ich schluckte alles, was ich kriegen konnte. Ein teil sickerte aus meinem Mund, weil ich nicht alles so schnell hinunterschlucken konnte. Seine Eichel wollte gar nicht aufhören zu zucken und pumpte ununterbrochen seinen Totenguss in meinen Mund. Als sich sein Schaft endlich wieder etwas beruhigte, leckte ich ihm die Knolle sauber und das ließ seine Stange weiter schön steif bleiben. Lachend bemerkte ich, das er meine Muschel damit stopfen soll und mich ordentlich durch bumsen. Dabei legte ich mich auf den Rücken, spreizte meine Beine und bot ihm so meine Maus zum verwöhnen an. Bevor er sich aber in mich versenkte, beugte er sich hinunter und ließ seine Zunge durch meine Spalte gleiten und gekonnt auf meiner immer größer werdenden Perle tanzen. Nun war ich an der Reihe, lustvoll zu wimmern, bis es mir die ersten Lustschauer über den Rücken trieb. Als er mit seiner Zungenspitze dann noch in meine Lustöffnung eindrang und dabei einen Finger in meine Rosette drückte, explodierten tausend Sterne in meinem Kopf. Mein Körper wurde von heftigen Krämpfen durchgeschüttelt und aus meiner Muschel sickerte bereits ein kleines Bächlein. Zärtlich saugte er alles auf, drückte noch einen dicken Kuss auf mein empfindliches Knöpfchen, bevor er sich aufrichtete und seinen knallharten Stoßdämpfer in das glitschige Löchlein drückte. Mit kurzen, langsamen Stößen drang er immer weiter ein und begann mich schließlich mit wilden Bewegungen zu bumsen. Er legte sich noch meine Beine auf die Schultern, konnte so noch tiefer in mich eindringen und begann nebenbei mit seinen Händen meine Brust zu massieren. Nicht nur ich wimmerte lustvoll, auch er begann immer lauter zu stöhnen. Bevor es ihm den Saft ganz aus den Eiern trieb, wollte er sich zurückziehen, aber ich bettelte keuchend darum, das er alles in mich hinein spritzen soll. Da ließ er es dann loslaufen und pumpte eine ordentliche Ladung Eiersoße in meine Grotte. Nun musste ich vor Lust laut aufschreien und warf ihm mein Becken wild entgegen. Schließlich legte sich unsere Erregung und er zog mich zu ihm hoch, küsste mich stürmisch und drückte mich dabei fest an sich. So blieben wir eine Weile aneinander gepresst, bis sich sein Luststab aus meiner Muschel zurückzog. Beide standen wir am ganzen Körper unter Schweiß und er führte mich in seine Dusche. Dort ließ er mir den Vortritt, denn zu zweit hatten wir nicht Platz in der kleinen Kabine. Nach mir duschte auch er sich schnell, während ich mich schon anzog. Nach einem weiteren zärtlichen Kuss brachte er mich zur Tür und fragte mich, ob ich wieder einmal vorbeischauen möchte, er würde sich bestimmt sehr freuen. Ich versprach darüber nachzudenken und werde mich dann melden. Natürlich besuchte ich ihn noch ein paar Mal und ließ mich von ihm so toll „Behandeln“- und das genauso kostenlos wie beim ersten Besuch.